屋久悠樹
Yuki Yaku Presents
Fly
弱角友崎同學
The Low Tier Character
"TOMOZAKI-kun" Level.6
Lv.6
日本小學館正式授權繁體中文版

弱角友崎同學

屋久悠樹
Yuki Yaku Presents

Fly
Illustration Fly

The Low Tier Character
"TOMOZAKI-kun";
Level.6

Lv.6

角色介紹

友崎文也
高中二年級。弱角。

日南葵
高中二年級。學校的完美女主角。

七海深奈實
高中二年級。開心果。

夏林花火
高中二年級。小個子。

泉優鈴
高中二年級。很吃得開的女孩子。

菊池風香
高中二年級。喜歡看書。

水澤孝弘
高中二年級。志願當美容師。

中村修二
高中二年級。在班上是頭目的地位。

竹井
高中二年級。體格很好。

成田鶇
高中一年級。很多方面都很自由自在。

紺野繪里香
高中二年級。班上的女王。

1　大型活動背後有人們各自的打算

某個星期一之夜。

在我房間裡的小型CRT顯示器上，有兩個忍者到處跑來跑去。

「這傢伙又……」

雖然嘴上小聲抱怨，我還是感覺到握著手把的手自然而然變得更加用力。手掌上滲出一層薄汗，將按鈕的表面弄溼。

其中一隻忍者是我操控的Found。另一隻一樣也是Found，在操控他的是排行全日本第二的NO NAME，也就是日南葵。

沒錯。事隔許久，我跟日南利用連線機能進行五戰決勝的AttaFami對戰。

「喝！」

日南操縱的Found不停在地面上細微地前後滑行，有時會小幅度跳躍。那是能夠透過特殊操作在地面上無縫滑行的技巧「瞬」，她邊用這招邊調整跟我的距離。跳起來的同時在半空中向前攻擊，牽制著我，以防我跳過去，同時避免讓自己陷於不利的位置，透過纖細的操作，不停在細微之處先發制人。

在這確實的操作技術裡頭，完全沒有以賭注為名的逃避，或名為直覺的放棄思考，刻下的痕跡在在顯出是經過埋頭確實測試、反覆做出令人嘆為觀止又腳踏實地的努力。

最後一次跟這傢伙對戰好像是在幾個禮拜之前吧？對方熟練地預測，動作俐落，跟那個時候相比，這部分又進步了不少。像機器一樣正確的玩法還是老樣子，但給人感覺運算能力更上了一層樓。

臉上冷靜的表情都沒變，日南準確地移動手指，那張臉鮮明地映在眼中。

「……既然這樣。」

我想到了。

既然這傢伙只會正確解讀，一味做出能夠獲得高度回饋的行動。

那我就特別針對這種能夠打出高度回饋的行動，用螳螂捕蟬黃雀在後的角度破壞如何？

這是針對「徹底的效率主義」從宏觀角度切入再破壞。跟學生會選舉採取的作戰很類似，是專門用來對付日南葵的。

如此一來，螢幕上將會呈現出前所未有的戰況吧。

就在那瞬間。我猛力彈了搖桿。

我操作的 Found 活用移動速度閃避 NO NAME 那來自空中的掃射攻擊，接著什麼都不做，只跑過相當於幾個角色大小的距離。先是逼近對方，然後直接反方向拉開距離。結果跟跑之前相比，距離並沒有太大的改變，反而還背對敵人，甚至可以說比剛才更加不利一些。

但也因為這樣才有意義。

日南操作的 Found 無法對應原本就毫無意義又伴隨風險的行動，她向著跟我所在位置相反的方向發動攻擊。在剛才那種狀況下，我硬是要縮短距離，為了利用這個破綻，那算是能得到最高回饋的行動。雖然到頭來我只是撲空，但又朝著反方向拉開距離，所以那個小小的破綻並不完全是負面的。扣除我背對敵人這點，幾乎可以說是打平了吧。

換句話說，這一連串行動前後的利弊情形並沒有變化。

對。正因為這樣，才有意義。

就在剛才這個瞬間，有件事已經跟先前不同了。

那就是彼此的「預測」又回歸空白狀態。

我利用日南瞬間出現的思考破綻彈動搖桿，在背對日南的狀態下大大跳起。然後讓搖桿倒向背面，接著回復正常狀態，再按下B鈕。這是一點小技巧，除了能夠在空中轉換方向，還能累積飛行道具。我所操作的 Found 轉向日南那邊，開始蓄積飛鏢。

下一瞬間，日南的 Found 剛好來到我從空中對著斜下方放出飛鏢能夠打到的位置上。

「好。」

就跟我想的一樣。

只不過。就這樣放出飛鏢給予日南傷害並不是我的目的。

畢竟現在日南的 Found 幾乎沒有任何破綻可言，還是能夠自由行動的狀態。再加上我這邊擺明已經出現在累積飛鏢的動作，就算直接射出飛鏢，打中日南的可能性也很低。

她很有可能看穿飛鏢的動向，預先做好防禦，也有可能利用踏步或瞬來避開飛鏢攻擊。或是利用我在累積的空檔跳過來，趁我還沒射出飛鏢就發動攻擊。

反過來說，我可以預料到日南可能會防禦，取消累積飛鏢，從空中緊急降落，接著取消著地動作讓著地出現的空檔不要太大，選擇跑過去射飛鏢，或是預料到日南會迎擊，提早射出飛鏢，趁她跳過來的時候掉頭迎擊。又或者在半空中取消累積飛鏢，著地瞬間利用瞬朝著日南的反方向拉開距離，在緊要關頭避開等我著地露出破綻才要發動的攻擊，最後進行反擊，可以用這些方式逆轉勝吧。

接著——如此一來將能創造出無限的可能性。

對。延伸出來的行動有著無限可能。

那就是我會採取這種高風險行動的原因。

直到剛才為止，日南的預測都像電腦那般精密計算。那正是那傢伙擅長的，這種準確度和將之實現的技術就是那傢伙最大強項。

那麼，一旦那些都不算數，先前累積的預測都要重來。只要創造出彼此的優劣勢和預測全都沒了的平等狀況，先前日南計算過的全類型預測也都要重來。

換句話說，接下來的預測都是靠瞬間反射神經和想像力決定，可以說是靠著玩家的技巧決勝負。要靠實力一分高下。

我繃緊所有的神經，專心觀察透過電視畫面傳輸送進來的所有情報。

「……她會怎麼做。」

去想日南、NO NAME、Found。

距離、攻擊範圍、場地的形狀。

經驗、回饋高低、熱度。

將這些全都混雜在一起，一切都反映在指尖上。

眼前和腦袋中除了畫面以外的東西全都消失了。雖然速度很快，但一切都很鮮明，這樣矛盾的景色在腦中來回穿梭，讓整個身體輕盈起來。思緒轉動的速度彷彿還比電子訊號最高速更快一些，透過理論和目的將它們連結。

在玩 AttaFami 的時候，我的精神狀態有時會變成這樣。進入這種狀態的我幾乎可以說是戰無不勝，就連我自己都產生一種感覺，知道那些資訊將會直接引領我達陣。

而跟日南一起玩 AttaFami 的時候，不知道為什麼幾乎每次都會比到一半就進入這種狀態。隨便找人對戰的時候，若對手的排行比較前面，獲勝機率明明只有七到八成，但就只有面對日南，至今為止都不曾輸過，這就跟日南使用的角色和遊玩方式都是在學我以至於容易應付是一樣的道理，我認為前面說的那點也有造成一些影響。

在加速思考的狀態下，我專心注意從日南那隻 Found 身上讀出的意圖和感覺。

眼下情勢一觸即發，NO NAME 最有可能採取某種行動。

在這種距離下，我八成能夠先看日南如何行動，之後再想對策並正確執行吧。

至於日南操作的 Found——

「……咦？」

當下我感到困惑，在蓄積飛鏢的狀態下著地。同時將飛鏢射出來。

飛鏢全都打中日南。

話說日南的 Found，他離彼此的地盤很遠，擺出被攻擊到的姿勢發出小聲慘叫。

「這是……」

日南採取的行動。

她沒有防禦，也沒有躲開飛鏢，也沒有來迎戰我。

——單純只是直線衝刺跟我拉開距離。

面對我從後方放出的飛鏢，那顯然可以說是毫無防備的。

換句話說，我這邊幾乎沒有任何風險，甚至還能夠帶給日南一成多的傷害。

感到意外的我恢復理智，開始轉動腦筋思考。

「……原來是這樣。」

最後我弄明白了。

「未免也算得太精了吧……」

有些目瞪口呆的我嘴角自然上揚。

日南想的恐怕是——

在剛才那個空白的瞬間。場面混亂到不知道該怎麼做才有利。

雙方確實都在彼此的攻擊範圍內，誰都不能確定有辦法一招定生死，也就是說在那瞬間，雙方都是高風險高獲利。

我很有可能一口氣分出勝負，但日南也有可能確實贏得勝利。

如此這般，明擺著會出現巨大損失，不然就是能夠獲得巨大利益，將會大大左右勝敗。

而日南想的恐怕是這個吧。

——與其被捲入無法計算的巨大賭注，還不如確實遭受攻擊。

NO NAME 的選擇實在是太過確實。徹頭徹尾的精於計算。

這不禁讓我開始樂在其中。

的確，若是日南加入這場賭注，她本身有可能撈不到好處。

然而相對的，日南也有可能從中獲利。

因此就回饋度來說幾乎可以說是對等的。換不同的角度思考也能解釋成不好不壞。

反之像這樣露出破綻奔跑拉開距離，她完全沒機會獲利，甚至能夠確定會遭受一成多的損害。也就是說能夠得到的回饋是出現一成多的損失。

想法有兩種，一邊是不會帶來損害，或許也不會帶來好處的行動，另一邊則是完完全全的壞處，會遭受一成多的損失。

而日南選擇後者。

她甘願承受可以預期的損害，也要避開無法計算的風險。

對。這就是日南的操作方式。

根據自己的正確計算來正面突破。

對於計算的準確度有著絕對自信。

因此對於無法計算的領域——絕對不會出手。

「呼……」

嗯，就是因為有這樣的傢伙在，AttaFami才會顯得有趣。

我再次調整呼吸節奏，重新握住手把。

彼此爭奪的勝負差距就在一線間，那場精密細緻的戰鬥讓我整個腦子都興奮起來。

然而接下來日南確實在比賽之中累積優勢，最後日南被我打掉四條命，剩下一條命獲勝。

我還是第一次因為時間到輸掉。跟中途被打亂腳步無關，日南會贏單純只是因為她的技術，和決心貫徹個人風格的意志。

話雖如此，在 AttaFami 之中重要的是獲勝比例，再怎麼說我都不會因為這樣被日南超越。因為我在九成以上的對決中都是贏家。

我正在看計分畫面，這時日南突然透過聊天系統傳送訊息給我。

『是我贏了。』

這傢伙是怎樣。居然因為初次獲勝就故意送簡訊過來。自從約好要網聚之後，我就跟這傢伙在線上對戰好幾次，但她明明除了聯絡公事，都不會送其他訊息過來。到底是有多好勝啊。

「……真是的。」

一想到日南獲勝後得意洋洋的嘴臉就讓我皺眉。

不過這是那傢伙第一次戰勝我的紀念日。我總是在 AttaFami 中把她打得落花流水，今天就成熟一點，去讚揚那傢伙的勝利也未嘗不可。

因此我就在聊天用的訊息欄內打上一些文字。

『只是在五戰決勝負的第五戰中獲勝而已吧。我還是四勝一敗。可惜了。』

然後下一次比賽贏的人將會是我。很久沒有打五場決勝負了，加起來共贏了五次，輸掉一次，這次比賽就此落幕。抱歉，我這個人好像也輸不起。

＊　＊　＊

對戰過後，隔天是星期二。

睽違許久，我來到第二服裝室。

直到小玉玉和紺野的事情落幕前，我們都暫時沒有來這間教室開會，但昨天放學後日南說要重新召開會議。

當我在教室中央一帶的椅子上就座，把書包放到桌子上，一個如風鈴般清澈卻又帶刺的聲音傳入耳中。

「那接下來——」

我朝向正前方看去，只見日南坐在椅子上翹腳，用莫名給人壓力和充滿魅力的目光看著我。她身上的氣場還是一樣毫無破綻。質感像絲綢一樣的頭髮直直地流瀉而下，只是稍微搖搖頭，髮梢就像在蠱惑貓咪的玩具那般惑人搖曳。

「首先我想要先整理各方面的情報。」

我拉回被髮梢奪走的目光，跟日南對看。

「……情報？」

當我問完，日南用最低限度的動作輕輕點頭。臉上表情看起來有點嚴肅。

「關於花火的事。我是動了不少手腳，但看樣子你也做了不少事情。」

「對。」

我點點頭。好吧也是，會談到這件事也是理所當然。

關於那點，我也有很多想問的。

一些小事件就像在推倒骨牌般累積，發生一連串事件導致紺野繪里香持續找小玉玉麻煩。最後甚至害小玉玉很寶貝的吊飾受傷，然而日南經過精密計算使得一場殺戮秀上演，再加上小玉玉正直的個性讓她包容這一切，事情才落幕。

我也用自己的方式，在水澤他們的幫助下，於小玉玉背後暗中活躍——但那天日南卻祭出遠遠超越我的大動作。

畢竟那個紺野繪里香可是當著全班同學的面流淚。

比起班上的其他同學，我自認能夠更了解日南這傢伙的真實面貌，但那個時候這傢伙究竟在想什麼。事到如今我依然不明白。

她為何要選擇如此殘酷的手段。

「對紺野做的事情全都在計算之中……我可以解釋成這樣吧？」

我試著用慎重的語氣詢問，結果日南二話不說點頭。

「對，就是那樣。」

那臉不紅氣不喘的樣子刺痛我心裡某個角落。

「真是那樣啊。」

我無意義地重複那段話，目光從日南身上轉開。季節已經轉變成冬天。乾冷的空氣穿過窗戶傳遞過來，讓我的指尖發寒。

「我讓紺野誤會中村和優鈴是串通好的。一旦疑心生暗鬼，就會失去重心，接下來只要稍微攻擊一下，她就會跌倒。像這樣攻擊心靈弱點，表面上找不到加害人，但能夠讓紺野變成耍猴戲的，當場分出勝負。就只是這樣罷了。」

看她說得好像沒做什麼大不了的事一樣，日南淡淡說明自己幹的好事。

我心裡又有某個角落再次感到刺痛。

「為了阻止欺負人的行為……必須那麼做是嗎？」

我再次看著日南詢問，日南則是目不轉睛地看著我點點頭。

「對，若是不這麼做就沒辦法阻止紺野。」

接著她用更強烈的目光壓迫我，再一次緩緩地開口。

「看樣子她曾經看到什麼，才讓她變得那麼不爽。」

那語氣像是在責備我。

做了某件事讓她不爽到極點。這句話所指的恐怕就是我的行動吧。

「……關於這點，抱歉。」

欺負人的行為之所以會跨越界線，理由之一就在於紺野看到身邊的人、小玉玉跟我和水澤他們聚在一起。看來日南也發現這件事了。

只見日南發出嘆息。

「果然跟你有關係……」

「算是吧……」我回答的時候不敢看日南。「那是我想得不夠周到。」

接著日南再次大口嘆氣，繼續說著「就因為這樣」。

「我之所以會做出那種事情，也跟這個有關。」

當她說明完，嘴巴就抿成一直線。

的確，聽她這麼說，我實在很難反駁。就結果而言，包含吊飾那件事情在內，看起來好像暫時都解決了，但一想到小玉玉的心靈受傷，還有吊飾出現無法修補的裂縫，說我犯了不小的錯誤也不為過。

假如都交給日南去辦，事情將不會變成那樣，能夠在某種程度上和平解決。那我就等同是弄巧成拙了。

不過，我心裡還是覺得哪裡怪怪的，還是有種無法釋懷的感覺。

「我的失誤確實變成導致紺野生氣的原因之一，我也認為紺野因此做出的事情絕對無法饒恕。」

在那之後，我稍微頓了一下。

「……話雖如此，也沒必要選擇那麼殘酷的做法吧？」

「殘酷是嗎……」

像在試探我，日南把我的話重複一遍。

我嘴裡說著「對」並點點頭。

「利用別人的愛慕之心，當著大家的面粉碎對方的自尊。我認為……那樣未免做得太過火了。」

當我開門見山地說完，日南就像在思考，又像是在端詳我，頭微微地歪著。

「不過，若是不那麼做就沒辦法立即阻止紺野對吧？」

她面無表情，語氣平淡。

「紺野氣成那樣，若沒有人做出決定性的行為讓她出糗，來殺雞儆猴，事情就無法收拾。因此必須讓熊熊燃燒的心感到挫折，完全扼殺她的銳氣。」

日南頗有自信地斷言，這話有一定的說服力。

「你不這麼認為嗎？」

「這個……」

她說話的語氣有點挑釁意味。恐怕是因為她之前都在觀察班上那名為「氛圍」的怪物，曾經有過操作的經驗，說這話才會如此肯定。

對於最近才開始觀察的我而言，就那些經驗來看，日南的話也不無道理。

來看紺野所處的位置。

要在名為班級的戰場上持續立於首領地位，那就必須每戰必勝。

除此之外，「紺野對小玉玉」這樣的對立關係已經一目了然。在目擊到小玉玉跟「水澤和竹井」這些班級地位較高的男孩子融洽相處後，卻要半路上收斂鋒芒。

那在角逐班上地位的權力遊戲中肯定是不被允許的。

因此為了打破這樣的局面，上演那場殺戮秀是必須的，這我不是不能理解。

「好吧……或許真的是那樣。」

當我給出肯定答覆，日南有些詫異地皺起眉頭。

「沒錯吧？所以你一開始就不該做那種……」

「可是。」

這個時候我打斷日南的話，做個深呼吸。

我腦海中浮現那場殺戮秀最後的片段。

「即便如此。」

就只有這點讓我無法釋懷。

「至少——不用像最後那樣致人於死嘛？」

我邊說邊跟日南對上眼。不管看幾次，都看不穿這傢伙的內心深處。

「……居然說那在置人於死地。」

我打斷日南小聲發的牢騷，強而有力地說了這段話。

「紺野已經出很大的糗了，既然這樣——」

紺野在流淚，班上氛圍也完全倒向日南那邊。實力、人望、肚量大小的壓倒性差距都已經彰顯出來，對方已經輸得體無完膚了。是完完全全的技術性擊倒。
然而日南還是操縱毫無惡意的關鍵人物，紺野已經喪失鬥志，傷口遭到她進一步挖掘。
「用不著在最後利用中村，讓他拿出優鈴製作的面紙套吧。」
對。在那之前發生的事情，我還能做出很大的讓步去接受。雖然對於那種做法的殘酷無情不敢苟同，但為了免除降臨在朋友身上的災厄，採行那種手段或許可以說是必要之惡。
可是後面發生的事情就不同了。
「做那種事情只是在鞭屍而已。」
我加強語氣，說得斬釘截鐵。
我定睛看著對方，不發一語，結果日南慢慢地、一臉凝重地點點頭。
「算是吧，的確如此。」
「咦？」
沒想到她會肯定我的說法，讓我感到驚訝。
「不、不對，那做那種事情又算什麼……」
有點困惑的我開口了。
日南二話不說承認那種行為就像在鞭屍。
換句話說，日南承認最後的殺招並不是「為了阻止欺負行為所需的必要行動」。

至今為止，那個日南葵就像機器人一樣，只會採取「為了實現目的不可或缺的必要行動」，而她這麼說了。

這背後究竟有什麼含意。

「那妳為何要做出那麼殘酷的事情……」

我問到後來沒了尾音，結果日南帶著冷酷、隱約充滿怒意的表情，只動了動嘴唇。

「殘酷？」

她開始散發前所未見的銳利氣息，讓我身體深處猛地一震。

刺痛的呼吸震盪著空氣。心臟那邊有種氧氣不足的感覺，有道冷風吹過。

「想到花火的遭遇，我不覺得那麼做很殘酷。」

那聲音彷彿從體內緩緩滲出。

這句話非常強硬，但與其說那份強硬是基於日南至今體驗到的道理和經驗，倒不如說其中還參雜著一些情緒，這聲音就在第二服裝室內回盪。

「那樣……」

緊接著我大吃一驚。

是因為那句話代表的含意。

「那樣是怎樣？」

日南看起來有點不悅，她等著我把話說完。

感到猶豫之餘，我再度開口。

「也就是說……這是在報仇？」

一面說著，我心想這話真不像日南會說的。

報仇。

日南總是很客觀，居高臨下俯瞰一切，乍聽之下會覺得那句話跟她無緣。

「是啊。」

但日南並沒有多說什麼，只給出簡短的肯定答覆。

「這樣啊……」

我也只能靜靜地點頭。

既然她都承認了，我也沒辦法再多說什麼。

這是因為——

日南出現那種行為並非為了達成目的而採取手段。

也不是為了防止今後產生問題的防堵措施。

單純只是——在動用私刑。

我無言以對地望著地板，日南罕見地像是要避免陷入沉默，停了一會兒後開口說話。

「……怎麼？我基於個人角度感到憤怒，這件事情讓你很意外？」

說話聲音混雜著不悅和焦慮。

「不……」

我再次感到不解。

因為這聽起來就像是硬要掩飾那份罪惡感而找的藉口。

「我很喜歡『正直』、『貫徹自我』的花火。之前紺野繪里香開始去欺負平林同學的時候，當我看到那時花火沒有任何心機，用自己的話當著大家的面耿直指責，展現出那樣的強韌，我就覺得這真的非常美麗。」

接下來這番措辭個人感覺有點不像日南，蘊含一股熱情。

「所以看到這一切遭人蠻橫地蹂躪，我就無法原諒。聽到花火說『好想要逃走』的時候，我認為事情不該變成這樣。」

看到這樣的日南，我非常震驚。

「因此為了粉碎那種情況，我才採取行動，打算徹底蹂躪紺野。」

這是因為我從未見過日南用那種語氣談論遊戲之外的事。

「就只是……這樣。」

緊接著日南就輕輕地吐了一口氣，帶著些許熱度。

我則是小聲回應「這樣啊」，結果日南瞬間露出尷尬的表情。

「——這樣有什麼不對？」

她說這話似乎豁出去了。

「不，是沒什麼不好……」

「對吧？那不就結了。」

彷彿要結束這段對話，日南說出這種不負責任的發言。這樣果然很不像她。

若是要找句話形容這種不對勁的感覺，那肯定是——

我將內心的話反映出來，透過言語表達。

「依我看。」

我吸了一口氣，試著用屬於自己的方式闡述。

「去做那種不會有任何結果，只為傷人的事情……」

我開口時慢慢地將話塑形，日南就像在催促我。

「那又怎樣？」

她盤著手瞪視我。

為了不讓自己輸給那股壓迫感，我先是吞了一口口水，接著開始琢磨話語，為了將自己心中那種不對勁的感覺如實傳達給日南。

然後正面表述在內心深處找到的言語。

「那樣以 NO NAME 的做法來說——『一點也不正確吧』。」

我進一步表述。

這讓日南暫時陷入沉思。

「……關於這點。」

還真稀奇，她說話吞吞吐吐，感覺猶豫不決。這果然是日南很少顯露的一面。

最後日南看上去終於說服自己了，她微微地點頭。

「好吧……聽你那麼說，也許是那樣。但是……」

她看似妥協地嘆了一口氣，輕輕放開原本盤著的雙手。

「——在某些事情上我也無法退讓。」

＊　＊　＊

在早上的班會前。

結束跟日南的會議後，我到教室裡坐回自己的位子，開始觀察教室內部的情況。

「你有看 MAHOTO 昨天的視訊嗎？」「啊！是貼在牆壁上的那個？有看有看！」

「那還真是～」

大家都在談論昨天的電視節目，不然就是 YouTube 的影片，還有週末假日要去哪邊玩。還是跟平常一樣，班上同學吵吵鬧鬧，但感覺背後其實都隱藏著一絲試探與摸索。

那天班上兩個女頭目正面交鋒。

雖然日南從頭到尾都用平穩的態度勸說，然而那兩個人當著大家的面持反對意見爭論，當下在班上就是一件大事了。那場爭執的殘渣如今依舊影響著班上氛圍，在那股順流之中造成小小的阻礙吧。

看起來好像沒變，溫度卻又有點不同。我正在觀望參雜些許這種不對勁感的和平光景，這時一個犯睏的聲音突然從隔壁傳過來。

「早安～」

轉頭看發現是泉用手捂著嘴巴在打哈欠，正對著我揮手。平常就對非現充殺傷能力很高的眼睛被淚水浸溼，帶著比平常多好幾倍的威力朝我來襲。唔，這效果實在太超群了。

「喔喔。早安。」

但即便承受這樣的視線，我還是成功若無其事用自然的語氣打招呼。該怎麼說，剛才那幾乎都是反射動作。

雖然這閃亮亮的波動對我造成損害，但身體還是不管那些擅自行動，就是這個樣子。嗯，不過在 AttaFami 裡頭也有過這種經驗呢。因為一再練習，因此在意想不到的時刻遇到敵人擊出連續技第一下時，腦裡雖然感到吃驚，手指還是會擅自輸入躲開的指令。或許很接近這種感覺。

「天氣開始變冷了呢～今天早上吐出的氣都變白了！」

邊把書包放在桌子上，泉開始跟我閒聊。雖然區區打招呼可以在不經思考的情況下自然回應，但我在猜這種閒聊對泉來說也很接近身體擅自行動的那種感覺吧。登頂之路困難重重。

不過，我已經開始能想像該怎麼爬上去了。

「就快到冬天了呢～」

我做出回應，然後順勢再度開口。

「啊，這麼說來……」

「嗯？」

接下來我打算讓話題從我這邊展開。為了讓自己能夠確實掌控現場氛圍，必須日日鍛鍊才行。都是看到泉幾乎在無意識的狀態下實踐那些才讓我受到啟發。

而在我的腦海裡，已經浮現該跟泉聊的話題。

「在那之後，秋山他們的情形如何？」

我靈機一動，試著順口說出這番話。

雖然是透過每天背誦話題才學會的，但背誦產生的效果並不單單只是讓話題庫存增加。

若是打算背誦話題，首先必須自行想出好幾種「這個人可能會聊的」話題庫存。換句話說，每天背誦話題，就等同是日日進行「靠自身力量想出話題」的訓練。類似製造話題的磨練吧。

只有日南知道這是早就安排好的課題，但拜那些所賜，要像這樣當場即興想出話題也能慢慢做得越來越快。

若是做一些特訓來學習新魔法，那基礎MP和魔力值也會跟著提升，簡單講就像這樣吧。

「嗯～～美佳跟繪里香啊……」

面對我的提問，泉猶豫地嘟起嘴脣。

秋山美佳。發生那件事情的當天，她被日南用言語化成的絲線操縱，雖然是紺野集團的成員，她卻對紺野展現敵意，還反抗紺野。

就我對班上情況的觀察來看，雖然發生那種事情，但包含秋山在內，紺野集團的成員之間似乎沒有太大嫌隙。但就不曉得身在其中的泉有什麼感覺。這點讓我好奇。

泉先是用認真又有點呆的表情煩惱一陣子，接著就壓低音量回答。

「其實……就是女孩子之間會有的那種糾結。」

之後她發出看似非常無力的嘆息。

「原、原來如此……」

雖然我沒有親身體驗過所謂的女孩間愛恨糾葛，但只要拿來跟在虛擬世界獲得的情報相互比對，我就不免能察覺她想說的，應該就是在少女漫畫常常看到的那種糾結局面。

「簡單講就是類似冷戰的狀態吧。」

「嗯……」泉說完就偷偷看向紺野他們那邊。「表面上相處融洽，但那兩個人都會在彼此背後說壞話。」

想像那種情況的我不禁苦笑。

換句話說，就泉最近的行動模式來看——

「……那泉不就被夾在中間？」

當我說完，泉就用非常認同的表情慢慢地大動作點頭。

「就——是這樣。」

她臉上掛著無奈的笑容。

「哈哈……果然。」

為了避免失禮，我用壓抑的語氣笑著小聲說「真是辛苦……」。泉先是說了聲「嗯」附和我，接著繼續開口。

「不過，我想這件事情只有我能處理……我會努力的。」

「……嗯，這樣啊。」

她的目光堅定地看著前方。自從泉開始跟中村交往後，泉說的話果然開始變得柔中帶剛，給人剛正不阿的感覺。這就是愛的力量嗎？

好。那我就稍微來試試那個吧。

於是我決定將目前心中所想的如實傳達。只是在傳達方式上要稍微下點功夫。

對，這是「捉弄人」的進階版。從運用一般的方式捉弄人讓我逐漸學會的。我在腦海中稍微做點技術性拿捏，首先要用那句話切入。

「泉果然人很好。」

在那句話之後，泉說了聲「咦！」，露出有點難為情的表情。

「沒、沒那回事！」

就在這個時候，我立刻裝出調侃人的語氣接話。

「尤其是開始跟中村交往之後。」

這話一出讓泉的臉更紅了。

「別、別亂講！」

「喔、喔喔抱歉。」

後來我一不小心就順勢道歉了。嗯，剛才那聲道歉應該是多餘的。先假裝在誇獎別人，接著趁機調侃，這是水澤常用的手法，雖然我已經瘋狂盜用，但如果換成水澤，在剛才那局面中就不會道歉，而是會「哈哈哈」笑著帶過吧。若能夠做到這種程度就完美了。

話雖如此，能做到現在這樣，以弱角來說已經很夠了吧。感覺很像現充了。因此這個瞬間讓人掉以輕心再捉弄的捉弄人進階版技巧就取名為「水澤技法二式」，要好好記住那種手感。接著我為了讓自己引導對話，開始轉動腦袋。

「總之……雖然覺得非常困難，但更希望大家能夠和好如初。希望群體的關係能夠修復。」

「也對……」

最後泉的目光轉向位在班級中央地帶的小玉玉。

「不過，總比像之前那樣一直讓場面尷尬下去好，真的很感謝小玉玉。」

我也跟著朝那看過去。

「好了深深！就說不要擅自聞別人身上的味道！」

「是！味道又改變了！是換了潤絲精……？還是洗髮精……？」

「隨便都好啦！」

「啊哈哈。深實實，小玉玉很困擾喔？」

小玉玉和深實實一起，跟其他班上同學開心聊天，看起來一點都不勉強。在這間教室裡，她最真實的「角色特性」已經被大家接受，小玉玉確實有了一席之地。深實實也未免太像平常的她了，讓人不禁莞爾。

我將目光拉回泉那邊。

「也對，小玉玉當時可是大放異彩呢。」

若是在那次事件的最後一刻，小玉玉沒有跳出來護航，紺野跟秋山的關係就會完全決裂。若是紺野就這樣繼續跟班上全體同學為敵，班上所有同學可能都會針對之前女王的蠻橫行徑做出報復，而秋山恐怕會成為主謀之一。

一旦變成那樣，這兩個人的關係肯定就無法修復。

從這個角度來看，或許能說小玉玉幫忙維持住紺野和秋山的關係。

て〜

「就是說啊！那讓我覺得有點感動，對她感到敬佩。」

「的確，能做到那種程度的人不多。」

這已經跳脫高中生或是女孩子的身分了。那份光明就是小玉玉強韌本質的體現。

這時泉臉上神情顯得有些慵懶，將頭髮勾到耳後。

「……我也覺得自己應該向她看齊才對。」

「……這樣啊。」

到此我發現一件事情。

當著班上同學的面，只出於自我意志，貫徹自己的意見。

這對於有著「一不小心就隨波逐流」的煩惱卻又在這方面一點一滴改變的泉來說，那就像是一種理想姿態。看在她眼裡想必是很轟轟烈烈的景象。

「必須改變令人討厭的自己。」

泉這句話就像在說給自己聽。

看到這邊又讓我浮現一個想法。

因此我又決定照著自己的風格走，試著將心中的想法原封不動傳達出去。只不過接下來要說的並沒有套用水澤技法，只是想講什麼就說什麼，屬於友崎特有的技法。

「……但我覺得泉最近也改變不少。」

沒錯。經過中村那件事情和球技大賽後，泉明顯有了改變。

剛開始進行成為現充的特訓時，用來當作測試特訓成果的指標，有人要我達成「被周遭其他人說你改變了」這個目標。依此類推，看在我這個第三者的眼裡，泉身上也明顯出現變化，我想那就是她確實成長的證據。

「明顯到連我都能看出來。」

一面注意避免顯露出高高在上的感覺，我有些靦腆地說著。

緊接著讓人意外的是泉二話不說緩緩點點頭。

「嗯。」

然後用認真的表情看著我。

「最近就連我自己都有這種感覺了。」

她說完就變得有點害臊，臉上帶著天真無邪的笑容。

「……這樣啊。」

泉說了聲「嗯！」，再一次點點頭，從口袋拿出小鏡子邊看邊整理瀏海，然後從椅子上站起來。

「事情就是這樣，我要去那邊了！再見！」

她邊說邊將手用力舉在臉旁邊。

「好。再見。」

我也跟著學她裝可愛，比了一個手勢回應，接著泉就前往有紺野跟秋山在的窗戶前方。要讓那兩個人重修舊好，這是只有泉才能辦到的任務。

我放下手，從嘴裡吐了一口氣。

跟沒什麼心眼的現充一對一對話果然很耗體力，但我一點都不討厭。感覺能夠獲得經驗值，更重要的是能說自己想說的話，還能問到自己想問的。

操作起來越來越順手，「玩遊戲樂在其中」跟鍛鍊是相輔相成的。就這點而言，我又重新認知到「人生」跟遊戲其實是一樣的。

＊　＊　＊

上課鐘聲響起，早上的班會開始了。老師站在講桌前方，就像平常那樣，開始用懶洋洋又強而有力的語氣說話。

「那麼接下來差不多要辦文化祭了。大概從這個禮拜開始，放學後也要著手準備了，各班都要想想自己該推出什麼活動──就跟往年一樣，其他學校的學生和來賓都會有不少人過來，大家要有心理準備。」

「這一刻總算來了！」

文化祭這個字眼讓竹井反應很大，他舉起雙手大喊。竹井一如既往在發揮他的竹井特質。

緊接著就像在呼應他，班上同學都說「太好了──」，要不就是發出歡呼，場面很熱鬧。都是被竹井傳染的。

「活動日期是十二月二十二日。如同往年，這是文化祭兼聖誕大會，會在休業式那天舉行。大家要當成最後的玩樂機會，卯足幹勁準備。因為接下來就要一直讀書了——」

話說文化祭，已經來到這個時候了啊。

關友高中的文化祭是在十二月底舉行，算是舉辦得比較晚，在縣內的文化祭中也總是人山人海，以重視升學的學校來說算是比較少見的。

原因之一八成在於本高中文化祭同時也是聖誕大會，算是一場大型活動。

年底伴隨著第二學期結束，文化祭會一起舉行。二年級生負責主導文化祭，這是他們最後一次盡情玩樂，接下來將要準備應付考試。一想到在考試之前，這是最後一次能夠無憂無慮玩樂的機會，學生們也會卯足幹勁，一方面是為了讓大家轉換心情，所以才會在這個時候舉辦文化祭，是有這個說法。如此想來，也不難理解為何原本重視讀書的升學學校會盡心舉辦文化祭。

「三年級生因為要考試沒辦法參加，所以主要都是我們二年級生負責。星期三開正式班會的時候，會分別選出男女各三到四名的執行委員，有意擔任的人得先想清楚了。要說的差不多就是這些。以上。起立。」

伴隨著嘈雜的談笑聲，大家都從椅子上站起來。臉上帶著一絲期待的色彩，等敬禮結束，他們就去找跟自己要好的人聚集在一起，開始暢談文化祭的事情。

不過話說回來。直到去年為止，這些在我看來都事不關己，今年大概不一樣了。感覺好像會跟我在班上的地位有所關聯，更重要的是日南肯定會出某種沒血沒淚的鐵血教育課題。

「軍師──！」

「嗚喔!?」

才想到一半，伴隨著過分有朝氣的聲音，有個東西用力夾住我的雙肩。

「好痛!?」

我轉頭面對這過於莫名的攻擊，那個人果然是深實實。我的肩膀被那雙手用力夾緊。什麼，平常的拍肩膀已經換成雙手並用了嗎？深實實又出現第二種殺招是吧？只見她嘻嘻嘻地笑著。

「呵呵呵。這下你躲不掉了吧～」

「不，只是因為突然被人出其不意攻擊罷了……」

「這麼說也對！」

這種時候應該反過來說動作比平常大更好閃避吧。

「真是的……」

傻眼的我在等深實實把接下來的話說完，但不知道為什麼，深實實一直看著我的臉，不發一語，我們之間流淌著謎樣的數秒沉默。

「咦……怎麼了？」

這陣停頓是怎麼一回事。畢竟她都大喊「軍師」一邊衝過來了，除了把我的肩膀做成三明治，應該還有其他要緊事吧？

「咦？什麼怎麼了？」

但不知為何深實實的反應卻是錯愕。

「沒什麼……妳來應該有什麼重要的事吧？」

我這一說才讓深實實驚訝地睜大眼睛，口裡說著「啊，對喔！」，用手指指著我的臉。

「喔、喔喔。怎麼了？」

當我問完，深實實繼續擺出沒什麼心機的表情。

「……是什麼事情來著？」

「喂。」

我不禁下意識吐槽。這傢伙是有多愛搞笑啊，深實實就是這點讓人搖頭。

「真是的……」

傻眼的我正在另尋新話題，結果深實實「啊！」了一聲，這次拍了一下手。

「咦？」

「我想起來了！」

現在是怎樣，也太隨興了。不過這樣聊起來也比較輕鬆，其實沒什麼關係。

「友崎，我是來問你要不要擔任文化祭執行委員！」

「啊——」聽她這麼說，我稍微思考一會兒。「……該怎麼辦。」

說真的，我還沒有對現充世界習慣到會自己主動說要做，但總覺得日南很有可能拿這個當課題叫我去執行。因此我已經做好很大的覺悟了。

「咦——你不做嗎？枉費我這麼期待軍師能夠大力表現！」

「不，說什麼大力表現……」

「因為你是軍師，肯定會採取有趣的行動！」

「不，我基本上什麼都辦不到。」

「又這麼謙虛～」

深實實帶著燦爛的笑容用手肘輕輕戳我。她是在期待什麼啊。這個人基本上太看好我了。好吧，我自認之前選舉的時候確實是很努力，但那個時候在人生中，我只勉強算得上是脫離初學者等級。某個著名的念能力者曾經說過自稱中級者可是會死得最難看，我絕對不能大意。

「不過文化祭還真讓人期待呢～」

此時深實實用率真的語氣說了這句話。

令人期待是嗎？

這句話又讓我稍微思考一會兒。

文化祭。去年我還在讀一年級的時候，完全是孤孤單單一個人，當然一點都不覺得開心，從中學時代開始就沒在文化祭上留下任何美好回憶。印象中就只想來露個面，然後早早回去，我想大概是回家打電動了。因為那種熱鬧氣氛跟孤僻鬼的相容性很差，每走一步就會減少五點ＨＰ，所以不能怪我。

但是對於今年的文化祭，我已經能夠打心底那麼想了——

「……嗯，的確讓人期待。」

就連我自己都有點驚訝，我將自己的心情轉換成言語。

「老實說之前都不覺得文化祭令人期待，但今年有點期待了。」

「……是喔——」

之前都不覺得那種活動有哪裡好玩，但這次或許能夠盡全力樂在其中。

跟去年之前都不一樣，如今我在班上已經有容身處了。還交到跟他們聊天會覺得開心的朋友，最重要的是開始浮現願意試著融入並享受一番的想法。

當然回家打電動並沒有什麼錯，但遊玩方式增加也不是什麼壞事才對。

「嗯嗯，那真是太好了，友崎！去年那不愉快的記憶就用這次抵銷吧！」

「這個嘛……說得也是。」聽深實實說出這麼樂觀的話，我稍微想了一會兒。「不過，我也不覺得以前的回憶很糟糕。」

「咦，是這樣？」

我點點頭。

「嗯，因為回家打電動也很開心。」

「咦，在說這個!?」

「是啊。」

當我毫不掩飾地答完，深實實露出開心的笑容。

「不愧是玩家！在這方面還是一樣火力全開呢！」

接著她又用力拿雙手夾住我的肩膀。好痛。別馬上就出第二招攻擊啦。感覺她以後都不太會拍我的肩膀了。

但她沒有抱持偏見，願意接受玩家式的思考，還笑著回應，說真的挺感激。

「還有，與其說是沒有快樂回憶，倒不如說沒什麼印象更貼切。」

因此我也不禁卸下心房，一不小心就將自己的想法說出口。

「沒什麼印象？明明是去年發生的？」

深實實說這話的時候很錯愕。嗯，但說真的，或許現充很難理解這種感覺。因此我決定來跟她開示一下孤僻鬼的生態。

「這該從哪邊說起，從中學開始就有辦文化祭對吧？」

「嗯？好像是呢。」

深實實歪著頭等我繼續說下去，我則是直截了當地將自己的想法告訴她。

「也就是說，連同中學那段時間都算在內，將會體驗四次文化祭。但我那個時候完全沒有朋友，不管哪一年都一樣，印象中自己都獨來獨往。大概是因為這樣吧？——我搞不清楚哪段記憶要配哪一年的文化祭。」

「不對，說這種話不該充滿自信吧⁉」

聽了我過於悲哀的一套理論，深實實用開朗的語氣吐槽。我在講這種事情的時候都很有自信，這點又讓悲哀的感覺更強烈。

「總之，就如同對大叔來說似乎會覺得偶像都長一樣，完全記不起來。看在孤僻鬼眼裡，熱鬧的活動全部都是『熱鬧的活動』，看起來都一樣，最後記憶都會整合在一起。」

當我解釋完這套陰暗的理論，深實實便用憐憫的目光看著我。

「……今年。」

「嗯？」

接著她充滿朝氣地指著從窗戶射進來的太陽。

「今年絕對要來一場開開心心的文化祭！」

她用充滿希望的語氣說著。總覺得一方面好像是因為非常顧慮我感受的關係，但是透過深實實的嘴巴說出，聽起來就覺得很率直、開朗。不愧是深實實，「開心」這個字眼跟她實在太搭了。

「……好！」

因此我也用樂觀的語氣回應，開始去想今後的事情。

不過，嗯，說得對。

既然都要參加了，那就要辦一場開開心心的文化祭。我發自內心這麼想。

不曉得今年的文化祭對我來說會是什麼樣的文化祭？

2 只做些單調任務還是能夠升級

現在是換教室之前的休息時間。

「……好。」

在圖書室門前的我很緊張。

照這個時間來看，菊池同學恐怕已經在裡面了。只要打開這扇門，讓人心情平靜的溫和時光就會展開。將會跟已經混熟的菊池同學一對一會話——照理說是這樣。

但如今的心情有點不一樣了。

照理說我已經習慣跟她一對一對談，之所以會這麼緊張當然是有原因的。

我慢慢將手放到門板上，腦海中浮現跟日南一起開的朝會。

＊　＊　＊

「——接下來。閒聊時間也差不多該結束了，該來談之後的打算。」

「還是一樣轉換迅速。」

直到剛才為止，我們都還在深入談論小玉玉跟紺野的事情，沒想到日南維持坐在椅子上的姿勢，用乾脆的語氣轉換話題。除了努力讓自己跟上這個話題的急轉彎，我順便做出回應。

不過跳脫上一個話題輕易地重新調節確實很有她的風格。跟有沒有戴假面具無關，她原本就翻臉跟翻書一樣。

「那是當然的吧。這幾個禮拜以來，因為發生那件事情，都沒有針對目標提出課題。」

「好吧……確實是這樣。」

我點點頭。

「目標」。目前的目標就是升上三年級之前交到女朋友。

再過一陣子秋天就要結束了，季節將會入冬。最後剩下的期限包含長期休假在內，只有三到四個月。

「必須把落後的進度補回來。」

「也就是說……要出新課題了啊。」

當我無奈地說完，日南露出壞笑。

「鬼正。」

「好久沒聽到這句話了。」

不過放眼最近的情形，可沒有去談論那個的餘裕。

但——這樣啊。

可以像那樣開玩笑的和平學園生活又回來了。那傢伙說這字眼莫名讓人有種懷念的感覺，真讓人不甘心。

「對吧？總之偶爾也要拿來用一下。你的作戰計畫讓花火『角色特性』定型，那我也要來露兩手。」

「像妳這種工於心計的地方，可以的話，希望妳盡量不要顯現出來。」

被我這麼吐槽，日南笑了一下。不過話說回來，像這樣聊「鬼正」之類跟電玩遊戲有關的話題，感覺好像又能看到這傢伙在假面具底下的另一種面貌。反過來講，其他時候真的太假了。

「那這次要出什麼課題？」

「這個嘛——」

被我一問，日南立刻換上認真的表情，用彷彿在端詳我的目光看著我。

「你之前有說過對吧。」

面對這種充滿壓迫感的氛圍，我不禁屏息以對。

「……說我說過，是指什麼？」

接在我這句話之後，日南慢慢用手指指著我。

「希望根據自己真正想做的事情，訂立目標和課題。」

那句話讓我恍然大悟地點點頭。

「對啊。所以我不想對自己的心情說謊，不想做出不誠實的行為。希望課題和特訓都能以這個為前提。」

當我明確答完，不知為何日南壞壞地笑了。

「是嗎？」接著她露出看似不祥的潔白牙齒。「那你就要對自己說過的話負起責任對吧？」

看她那表情肯定有什麼企圖，我不禁感到退縮。是什麼？她接下來會給出多麼壞心的指示？但我不會輸的。這是因為我的等級已經略為提升了。放馬過來吧，強人所難的課題。

有鑒於此，我誇下海口。

「當然會負起責任。男子漢一言既出駟馬難追。」

「那……我先問你一個問題。」

「什麼？」

緊接著日南撐著臉頰，身體朝我靠近，帶著嗜虐的目光這麼說。

「——風香、深實實、優鈴、花火。在這些人之中，你現在最想跟誰交往？」

「什……！」

面對這個太過直接的問題，我完全被震懾住了。

感覺腦海中多餘情報和必要情報都捲在一起，日南接下來的話就像在乘勝追擊。

「還是——要選我？」

「選妳……⁉」

日南將手指放在嘴脣上，就像在引誘別人的目光，那嘴脣很妖豔，半開到絕妙的大小，在冬季朝陽的反射下，在視覺上創造出溼潤感，看起來非常有慵懶風情。

「說嘛……你喜歡的是誰？」

接著日南露出像是在撒嬌的央求眼神對我說話，雖然那明顯只是在演戲，但還是會覺得那單純是可愛的表情、動作和語氣，這些在眼前炸開，讓人不禁內心小鹿亂撞。這已經是出於本能了，無法抵抗。

「這、這個……」

那個問題莫名讓我感到焦躁。

「嗯，所以是？」

溼潤的目光讓我滿臉發燙……不過。

若只是去想問題的內容，那這恐怕——是很重要的問題。

也不知道對方是不是自己真心喜歡的，不想只是為了「攻略」這樣的人才採取行動，我曾經對日南這麼說。說希望行動準則是基於自己真正想做的。

而日南也接受了。

因此這是基於我的情感要我選出下一個課題的對象，是很重要的問題。

我要靠自己的意志，選出自己希望交往的女孩子。

菊池同學、深實實、泉、小玉玉。要從這之中選出……

「……喂，先暫停一下。」

這時我發現一件事情。

「怎麼了？」

「為什麼泉也在選項之中，太奇怪了吧？」

泉不是跟中村才剛開始交往，兩個人正打得火熱？至少還恩愛到中村會帶著泉親手製作的面紙套。中村那傢伙也是有可愛的地方嘛。

這讓日南發出一聲嘆息。

「果然，就算等級稍微提升了，心情上還是萬年處男。」

「我連身體都是處男之身，要妳多管閒事。」

說出來會覺得很悲哀，拜託別像那樣一針見血損人。

「我說，假如你想要選優鈴，其實那也沒關係。『正在交往』這種狀態不知何時會結束，是很不安定的關係，不會發生任何法律義務。過度尊重這種暫時性的關係導致遺憾發生，那樣並不合理。」

「話、話也不能這麼說，好吧這麼說應該也沒錯，可是……」

確實學生跟學生之間的戀愛關係，有九成都會在某天結束……但是看過他們兩人經歷的，虧妳還能說出這種話。多虧有大家支持，再加上優鈴自己努力，他們才能敞開心胸交往。希望她能夠想成兩人或許會交往到踏入婚姻。

「你該不會在想那兩個人可能會就此結婚？」

「咦？」

「的確是有這種可能，但去期待那種事情發生而一直有所顧慮反倒顯得滑稽。只是被名為浪漫主義的宗教荼毒，變成理想主義者。真無聊。」

「明明就只是預測居然能把話說得這麼難聽？」

雖然說這種預測完全都是用猜的。但這個人有時會發揮如同超能力者般的預知能力。像是在AttaFami的對戰中偶爾也會發生，但這樣太可怕了，拜託別那樣。

此時日南擺擺手，做出像在驅趕我的動作。

「又沒人規定不能去追有男朋友的女生。該說這種人可多了。兩人又還沒有結婚，就算變成橫刀奪愛，那也只是基於名為戀愛的平等原則去比試男人魅力，贏得那場遊戲罷了。沒什麼好怨恨的，從彼此互相激勵的角度來看，長遠看來甚至是一帖良藥。」

「聽、聽妳那麼說好像……」

確實有幾分道理。一講到遊戲或規則，我跟這傢伙的價值觀就非常相近，會一不小心就認同，那是我的弱點。

「有道理吧？雖然這麼說，現在才去選優鈴，在剛才舉出的人選之中仍屬於難度非常高的。也就是會進入超難模式，才剛脫離新手身分的你最好別選才是上策。至少在你升上三年級之前，以目前條件來說還是沒勝算。」

「不，我本來就沒這個意思……」

畢竟那兩個人非常的相配，我根本沒任何介入的動機。

「哎呀，也就是優鈴這個女孩子還不足以讓你想跟她交往？」

「不是那個意思啦！」

我用著急的語氣吐槽。但聽起來確實也像那個意思。區區一個弱角，說這種話未免太放肆。

「那就是想跟她交往了？」

「不，也不是那個意思……」

「哦……」

日南一直用試探的目光看著我。

「幹麼啦？」

被我回看，日南豎起一根食指。

「那來舉個例子。」

之後她露出邪惡的笑容，直接切入核心。

「假如優鈴跟中村分手，來告白說想跟你交往，你會怎麼做？」

「什麼!?」

這個簡單明瞭的假設把我嚇一跳。

「不，那不可能吧！」

「也是，不可能發生呢。」

「啊，對啊。」

對方二話不說肯定，讓我的意志消沉下去。搞什麼，她問這種問題又有什麼意義。

「但這只是假設。若是發生了，你會怎麼做？」

「不，就算你問我會怎麼做……」

「聽好了，其實這個問題不是只針對優鈴而已。舉例來說深實實和風香、花火也適用。假如對方現在跟你告白，你會怎麼辦？這種事情你有多少想過嗎？」

「沒有……因為根本就不可能。」

老實說完全沒想過。

「也對，那是當然的。」

「妳真是夠了。」

又被人想都不想給出肯定回應。這我也明白，但那樣讓人很受傷，希望她在表達上能夠更加注意。弱角也是活生生的人啊。

「……沒辦法用剛才那句一言以蔽之，其實也能夠拿來形容現在的狀況。」

「咦？」

「算了先不管那個。假如事情變成那樣，你會怎麼做？不知道自己喜不喜歡對方，所以不想發動攻勢，你明明說過這種話，那自己喜歡誰，想跟誰交往，這方面又完全沒想過，不覺得你才不夠誠實嗎？」

一面把我會在意的地方快速列出，日南將我砍得體無完膚。

「話、話是這麼說沒錯……」

我的目標的確是交女朋友，卻一直忽視自己的心情，說起來好像是那樣沒錯。像那樣持續迴避風險，某天卻能交到女朋友，這種好事只會發生在戀愛模擬遊戲或是開後宮的戀愛喜劇裡。

「就算只是假設也沒關係，你不妨試著認真思考看看？」

「……唔——嗯，假設是嗎？」

假如真的有那種好事發生。

「對。舉例來說跟人閒聊到最後，對方說放學後能不能借點時間說話？她想說的話不好在別人面前說，然後被她叫到有這個第二服裝室的人煙稀少舊校舍，要去那邊的樓梯間。在那兩個人單獨相處，然後對方有點害羞，跟你告白說其實不久之前就開始喜歡你。情況大概是這樣。」

「喂，也太栩栩如生了吧。」

聽日南這樣仔細描述，害我也不禁在腦海中自然而然描繪出那種狀況。在這個舊校舍裡頭……兩人獨處。這情景未免太浪漫了，而且我還處於被人告白的立場。這樣可以嗎？

不過，這個時候我會怎麼做，總覺得很難抉擇。我在這個時候拒絕未免太囂張，但我明明沒那個意思卻答應也不對。

參雜著預測的曖昧想像在腦海中轉換成影像。

在那種情況下，假如——

假如被小玉玉告白。

假如被優鈴告白。

假如被深實實告白。

假如被菊池同學告白。

這個時候——我會怎麼做。

「你臉紅了喔？」

「咦!?」

我發出好大的叫聲。日南那極度樂在其中的表情就在眼前。這傢伙，她肯定是故意的。害我差點嚇死。

「不過怎樣？像這樣盡量用很寫實的方式想像，不就能得出答案了嗎？」

「……哪裡能了。」

我尷尬地回問，這時日南用手指碰觸我的胸口中央。

「剛才應該有想到『或許能跟某人交往』對吧？」

緊接著日南嘴角上揚，看來一副心裡有底的樣子。

「不……這個嘛，誰知道。」

當我含糊帶過，日南勝券在握地接話。

「也就是說那個人就是你今後的『課題』，也是攻略對象。」

日南邊說邊挑起半邊眉毛。

「那樣一來——就有根據你的個人意願了吧？」

「……原來是這樣。」

只見日南得意洋洋地從鼻孔哼了一聲。

「因此今後課題主要就是採取一些行動，目的是跟那個人交往。」

就這樣，我又被說服了。

日南的做法實在太過合理，讓人沒有否認的空間。

例如現在就指出一條路，先讓我想像並確認情感，再以那份情感為前提來出課題。

這種做法確實是根據我的個人意願，原本有的疑慮獲得巧妙處理。雖然一方面也覺得我被她的交涉技巧左右，但說真的我並無異議，所以也拿她沒轍。

「順便說一下，希望同時能夠有兩人以上的人選。」

聽她這麼說，我反射性接話。

「喂，怎麼變成這樣。太奇怪了吧？」

這一說讓日南傻眼地嘆息。

「哎呀，關於這點，我想很久之前就已經做過充分說明了。還得再說明一次？」

「……不。」

被她賞白眼才讓我想起來。話說剛開始跟這傢伙一起展開特訓的時候，是曾經說明過沒錯。

「聽妳這麼講，的確說過。在玩射擊遊戲的時候，比起只剩一條命，剩下的命比較多條更能從容玩下去，在說這件事情吧？說被逼到無路可退就沒辦法好好玩遊戲。」

「沒錯。」

好吧，這番理論也有點道理。不管是射擊遊戲還是其他的遊戲，若是剩下的命不多，那反而會讓人焦急，導致在玩遊戲的準確度下滑。

「所以才說最好要多找幾個女孩子當目標，印象中是有這麼說過。」

「正是如此……啊。」日南說到這邊用手指用力指著我。「鬼正！」

「用不著事後想起才補這句話。」

緊接著日南滿意地點點頭。

「嗯，果然這陣子聊天到一半的吐槽也變自然了。」

「我、我只是小試一下……」

原來她開始會半路抽考了嗎？光是用普通模式對話就很累人了，拜託別那樣。

「不過話說回來，就是那麼一回事。保持從容是很重要的。」

「保持從容啊。」

好像有道理，又好像說不通。

「聽好了，所謂戀愛就是充分利用『人類情感』這種不安定要素戰鬥對吧？若是亂了陣腳就會讓情感陷入混亂，情感混亂會導致行動混亂。行動一旦混亂就會讓對手發現，你們的關係就會倒退。因此在戀愛關係中，說靠戰略和理性維持平常心是最重要的一環也不為過。」

最重要是吧。

「雖然妳這麼說，但只要內心保持從容就行了吧？所以用不著同時找兩人以上不是嗎？應該還有更能保持從容步調的方法吧。」

「哦，那你莫非是要打坐？」

「也、也不是這樣……我的意思是應該有什麼方法才對。」

只見日南嘴裡說著「你想得真是大錯特錯」，還嘆了一口氣。

「那只是戀愛超級門外漢擅自推測出來的說法吧？話說戀愛，特別是在開始交往之前的階段，若會進展不順，那大半都是不知不覺間眼裡就只有對方，對於失去對方抱持過度的恐懼，然後開始示弱討好，做這種讓人反感的事情才導致的呢？」

「是、是這樣嗎？」

日南點點頭。

「對於電玩遊戲就是女朋友的你來說，我是不曉得你有沒有過那種經驗……比如被對方傳過來的 LINE 訊息左右喜怒哀樂，情感陷入混亂，逐漸無法冷靜判斷，在回覆時送出特別不自然的訊息。或是逆向思考得太過火，結果傳出太過冷淡的訊息。事後感到後悔，下次跟對方見面就過度辯解，因為太過焦急導致對話窒礙難行，像是這類的。」

感覺她說的話好具體，莫非這就是日南的破綻？

於是我就用調侃的語氣說了這番話。

「這是妳以前失敗的經驗談？」

當我說完，日南便從容不迫地呵呵笑著。

「對，沒錯。有個男人想要追我，是他的失敗經驗談。」

「喔、喔喔。」

日南三兩下就使出華麗的逆轉魔法。嗯，這個人果然是強大的角色。臨時想要攻擊的我在技巧上完全傷不了她。

日南完全沒有受到傷害，她繼續說著。

「總之會像這樣在戀愛之中感到焦慮或是失敗收場，多半都是覺得『對方是我的唯一』，是眼界不夠寬廣而引起的認知失調導致。」

「眼界不夠寬廣所引起的認知失調……」

用那種艱澀字眼根本不像在談論戀愛話題，我不禁複誦那句話。

「所以這也是容易讓人誤解的地方。就好比剛才你聽到要你同時攻略好幾個女生，你大概也認為突然要求攻略好幾個人難度太高對吧？」

「這個嘛，是那樣沒錯。」

感覺那種事情是很懂女人的戀愛大師在做的。

「不過，事實上正好相反。」

「相反？」

日南將食指向上豎起。

「戀愛這檔事——其實同時攻略好幾個對象反而可以降低難度。」

「……是喔。」

我沒想到她會像這樣轉換視角，說真的讓人很驚訝。

「只要想到『我手上還有其他對象』，那就能進一步俯瞰全局，行動起來也會產生餘裕。因此能夠冷靜判斷。」

「好吧，或許是那樣……」

姑且不論這樣夠不夠誠實，那樣似乎能跟每個案例保持距離來進行思考，可以做個比較檢討。但那又怎樣？

「而且這樣就不只是採取防守，還能同時進攻。暗示也有其他女人可以選，藉此擾亂對方的情感。」

「喂，妳說這種話真的很黑心耶？」

這讓日南嘆了一口氣。

「這點小事就讓你說黑心，那就證明你還沒有脫離所謂的浪漫主義宗教。」

「還、還有更黑心的嗎……」

原來戀愛是這麼骯髒的遊戲？那我有辦法攻略？

「還有一點，可不能忘了以下這種效果。」

「還、還有啊。」

什麼？原來同時攻略是一石三鳥？

只見日南笑著指向我。

「那就是——能夠完成如此艱難的任務，你將會產生自信。」

「……原來如此。」

我又被說服了。這明明很骯髒。

自信。那一定是我非常不足的一塊。身為玩家我有滿滿的自信，但是對於戀愛卻一點自信都沒有。

就是因為我身為玩家很有自信，才知道自己都能在 **AttaFami** 的關鍵場面中做出決斷，沒想到那也可以直接拿來套用在戀愛上，說真的，我能體會。在比賽的時候對自己有信心，這份心其實是比想像中更重要的要素。

「你自信心不足。因此為了讓自己有自信，首先要試著同時跟好幾個人縮短距離。這是門外漢在戀愛中非常有效的選項，個別成功率也會提升。當然條件是要找自己想交往的人當女朋友，不會同時去跟兩個人告白，幹那種不老實的勾當，再怎麼說都不能喪失人性，而是用正直的方式跟兩個人面對面。跟她們誠實接觸後，你再跟自己真的想交往的人交往就好。這樣如何？」

這情報量就好像把樂天市場商品介紹頁從上方高速轉動下來，而我在意的那部分說明就緊跟在後。讓我誤以為自己一開始想要的就是這個。

「好、好吧……這樣應該可以？」

「不愧是nanashi。在這方面理解力很好。」

「是、是喔多謝誇獎……」

「那接下來就以這個為前提出課題吧。」

「我、我知道了。」

因為對方立刻就誇獎我，害我很難說出「還是不要好了」。這也是交涉技巧的一種吧。好可怕。

「那這下子要選誰跟誰？你想跟誰加深關係？」

「呃——關於這點……」

「請說。」

日南笑著等我把話說下去。

「……可以晚點再說嗎？」

我邊轉開目光邊問，結果日南就「啊？」了一聲，發出不悅的聲音。

「晚點是要等多久。」

她的語氣完全沒有高低起伏。

「呃——……大概一星期？」

當我說完，日南發出好大一聲嘆息。

「這樣啊。」

「對、對不起。」

她刻意沒有具體表達出任何不爽處，面對這種太過高端的發飆方式，我不禁反射性道歉。虧我已經開始逐漸習慣這傢伙的毒舌了，若是她模式變多，那我也很難產生抵抗力。啊。這就是她的目的嗎？

「那是為何？」

日南簡短詢問。

「這個……」

我一時間不知道該怎麼回答才好，同時開始整理思緒。

老實說就連我自己都不清楚該怎麼選，因為我不想在這個時候隨隨便便選出一個人。

雖然不知道這種心情來自何方，但也因為如此，我覺得自己需要一些時間思考。這都是為了誠實面對課題。

「我對她們每個人是怎麼想的，希望能給我一段時間來好好面對這個問題。」

「……想要審視啊。」

日南說這話的時候面無表情。接著她又大肆嘆息。

「算了，無妨。你之前確實都在忙課題的事情，不然就是被班上的一些事件波及到，或許真的沒什麼時間審視自我。在這邊暫時停下來慢慢思考，從某個角度來說或許更有效率。休息也是訓練的一環，再說這於現代健身學之中也是基礎中的基礎。」

「噢，那就好……」

即便我在心裡想著「有必要提到健身嗎」，仍不免鬆了一口氣。

「那就一個禮拜。最多也只能到兩個禮拜。在那之前要好好想想『自己在意的是誰』，『想跟誰進一步發展』。」

「我、我明白了。」

日南說到這邊就朝上方看。

「不過，我想到了。雖然要延後，但完全沒出課題等同虛度光陰……我就稍微出個小習題吧。」

「小習題？」

「對。」

日南邊說邊操縱智慧手機，不久之後就讓我看螢幕。畫面上出現非常有型的網頁。

「……Instagram？」

面對我的畫面上列出漂亮衣服和美味食物，還有日南跟朋友開開心心的合照，以及用有型的背景來襯底，拍出日南的臉和全身照等等，列出各式各樣的照片。

換句話說，這個是日南的 Instagram 網頁吧？

「能幹的女孩果然也很會拍照……咦？」

把畫面捲到最上面會發現上頭標示關注日南的人數。

「3K……這是三千人的意思吧？」

「對。」

日南答得若無其事，將智慧手機收到口袋裡。

「咦，為什麼，怎麼有那麼多人？」

「誰知道。」

「啊？」

居然說誰知道。這回答是怎樣。

「我真的不清楚。硬要說的話，那就是我沒有上鎖，持續上傳肯定會有人想看的高品質照片，自然而然就變成這樣罷了。我並沒有刻意對外宣傳，關於這點確實在我計算之外。」

「原來妳已經變成 Instagram 上面的網紅啦……」

我怯怯地說出這個跟我無緣的單字。總覺得連說出口都難為情。

「沒什麼。我接下來也不打算對外發表照片，但即便如此追蹤人數還是增加的話，那就隨緣吧。我可沒空在那種地方花心思向上爬。」

「這理由也太完美主義。」

若是不能登上第一名寧可不做，她是這麼想的吧。

「那是當然的啊。靠年輕貌美而擔保出來的價值總有一天都會下滑。若是想利用這些跟有錢的男人結婚，終其一生都靠他吃飯，那去把力氣花在這上面是有價值，但我想靠自己本身的力量打贏。那就不該利用年輕帶來的價值早早成為人生勝利組，而是應該努力提升自己的實力，讓它們今後都能成為自身財富。」

「真不知道妳看得多遠，我想想都覺得害怕……」

她這話說得未免也太冷靜了，好可怕。真不知她到底做了什麼樣的人生規劃。

我正感到戰慄，結果日南在這個時候咳了一聲。

「……剛才那些好像離題了。」她說完用指甲叩叩地敲敲智慧手機螢幕。「總之要利用SNS。」

「SNS。」

Social networking service 也就是社群網路服務的簡稱是嗎？換句話說，就是Twitter 或 Instagram 之類的，比較舊的平臺就是 mixi。話說 mixi 真讓人懷念。我好像曾經加入「在 AttaFami 中追求登峰造極的人們」這個同好交流群組。沒想到之後真的登峰造極了。

「為了在學校這個空間中成為現充，必須提升在班級之內的地位，先前的經驗已經讓你對這方面有了深切體悟吧？」

「是有感覺到那是最基本的。」

自從開始進行課題後，我就有了深深的體認，是說大家應該都對此心知肚明吧。在那樣封閉的環境中，很難脫離那種階級制度的掌控。

「在這之中最重要的當然是那個，加入地位最高的群體。還要避免讓自己在那個群體之中成為『地位最低的現充』，要好好保住自己的地位。關於這點你也明白吧？」

「算是有點概念。姑且不論自己能否辦到。」

我最近逐漸打入中村他們的圈子，但問我在團體之中立於什麼樣的地位，我也不是很清楚。

「好吧也是。畢竟你在那個群體裡就像『感覺很有趣的訪客』。」

「感、感覺很有趣的訪客？」

這種微妙的立場是怎麼一回事。

只見日南點點頭。

「雖然不是徹底跟他們打成一片的成員，但跟他們有些不同，感覺很有趣，所以被邀請過來當訪客，地位大概是這樣。那在這種校園階級制度之中很常見就是了。」

「很常見……是嗎？」

之前我都處於校園階級制度的最底層，該說是埋在更底部的地面之下，所以我沒什麼概念。

「對。有一技之長的人會暫時被邀請過去，在群體對這個技能厭煩之前會有段快樂時光。等到他們膩了就會把這個人淡化踢除，若是除了技能以外跟他們在人格特質上合拍，那就會變成正式成員。」

「原、原來如此……」

我對教室內部的政治情況沒興趣所以不清楚，但不難想像這種情形其實就發生在各處。

「可是我又沒什麼特別的一技之長？」

當我說完，日南便挑起一邊的眉毛看著我。

「是這樣嗎？你不是去嗆紺野繪里香，還在合宿的時候不把中村當一回事？」

「這、這個算嗎……」

的確，因為發生紺野那件事情，水澤才會跟我搭上線吧。合宿之後感覺和中村的距離也拉近了。但那不算什麼特殊才藝吧？

「中村也算是獨裁者，會用那種讓人發笑的方式嗆他，算是有點稀奇。所以那種行動就會讓人覺得『這傢伙真有趣』。」

「好吧，確實在那之後好像就跟他比較親近了……」

「對吧？」

原本在想可能是因為我們之前赤裸裸地遊玩過而讓彼此縮短距離，原來還有那樣的效果啊。雖然那是日南出的課題使然。

「就像那樣，一些小事情會讓班級上、在群體裡的地位產生變化。而那不是出於自己怎麼想的，不管怎麼樣都是根據『他人觀感』才產生的變化。」

「這我好像能夠……理解。」

要面對一個群體時，往往會發生這種情況。比起自身意志，團體氣氛和給人的形象更受到重視。硬要說起來就是所謂的品牌價值吧。

「這就對了。所以從今天開始要給你的課題就是──『開設私人專用的Instagram，在那裡上傳照片』。」

「在Instagram……上傳照片。」

剛才光只是要說出口就覺得有點扭捏，現在卻要開設這個Instagram嗎……

「對。透過這個來重新認識別人是怎麼看自己的，也開始會懂得注意這點。然後就能控制自己給人的外在觀感。這兩樣就是這次課題的主要目的。」

「要認識並學會控制……是嗎？」

日南嘴裡說著「沒錯」，接著再次將自己的智慧手機螢幕面向我。

「你看，假裝你還不認識我，當你看了這個頁面，會覺得那是怎樣的一個人？」

「這個嘛，我想想……」

日南的Instagram。

每張照片都很時尚，但給人健康形象的玩樂照也上傳了好幾張，看起來不討厭。除此之外，戲分比較不重的深實實和泉等等的女孩子們也透過絕妙手法拍得很可愛，她們看起來很開心地笑鬧。

在關鍵處也有讓中村和水澤這些現充男子登場，兩個人從外觀上看來就明顯知道是現充，會有加分效果。怪了？竹井呢？

「好吧，看起來就是非常現充的感覺。而且一點都不討厭，感覺很爽朗。」

「會有這種感覺對吧？就是要那樣。已經能夠看出有爽朗的感覺，看來你稍微有點長進了。」

「喔、喔喔……」

受到誇獎之餘，我還在想這傢伙竟然自己說自己爽朗，兩種感情混雜在一起，讓人不知該說什麼才好。

「所謂的使用社群軟體，就能像這樣將自己的生活片段截取出來上傳，可以對來看那個頁面的人展現自身定位。」

「展、展現……」

「現在班上有些人並沒有特別關注你對吧？若是讓那些人明白『這是在中村集團混得如魚得水的友崎』，那就能控制在班級內的地位。」

聽到這種過分工於心計的話，我不禁發出乾笑聲。

「妳果然很可怕。」

該怎麼說，在最大限度內思考周遭其他人是怎麼看自己的，有很濃厚的戰略色彩。原來這傢伙是帶著那種想法玩社群網站的嗎？

我將目光拉回日南的智慧手機上。

「話說深實實和中村他們也有登場呢……」

「是啊。但我可是有取得許可的，他們好像也不排斥喔。」

「這、這樣啊……」

對我這種從小學低年級時代開始，就一天到晚泡在網路上的人來說，要露臉還是讓人有點抗拒……但現充他們都能面不改色做這種事情呢。是我的想法太古板了嗎？

「這樣你就明白了吧？現在對班上的人來說，你給人感覺頂多是『那傢伙偶爾會跟中村那幫人混在一起』，你要透過社群網站來自我展現，將他們徹底洗腦。用這種方式來穩固在班上的形象，這就是本次課題的目標。」

「聽起來……就類似鞏固地盤的感覺吧。」

「對。因為某人耍任性導致沒辦法讓戀愛關係有所進展，只能像這樣從地盤上開始著手不是嗎？」

「對、對不起……」

日南會在這種地方突如其來酸人，不能大意。就因為是突如其來的攻擊，感覺傷害更大。唔唔。

「因此你要創建 Instagram 的帳戶，每天拍我指定的照片。」

我稍微想了一下。

「也就是要拍出看起來像現充的照片對吧？」

「對。但那樣有太多自由空間……」

這時日南露出壞笑。

「從現在開始，到你決定『攻略對象』的一星期間，我給你拍幾張照片的攝影任務。」

「攝影任務……」

開始很有玩電玩遊戲的感覺囉。

「你每天要拍一張，從我給的七個攝影課題中挑一個來拍，再拿給我看。就這樣每天重複，花一個禮拜就能拍完七張照片。」

「那感覺還真像在做任務……」

而且我還覺得有點有趣，真讓人懊惱。這就是玩家本色嗎？

「那我從現在開始出課題。你稍等一下。」

緊接著日南開始在智慧手機中迅速打起某些文字。她臉上表情看起來非常開心，感覺會出很虐的課題。

幾分鐘之後，我的智慧手機開始震動。

「我用 LINE 傳過去了。」

「喔、喔喔。」

當我打開聊天畫面，畫面上出現這些文字。

- 跟中村修二和竹井一起拍照
- 拍到戴眼鏡的水澤孝弘
- 拍到表情奇怪的夏林花火
- 拍到在吃冰的泉優鈴
- 找兩個以上之前不曾說過話的女孩拍照
- 拍到在吃拉麵的七海深奈實
- 跟菊池風香一起合照

「不，這些有點……」

「應該很簡單吧？」

日南笑臉迎人，擺明寫著廢話少說。

「好、好像滿簡單的……」

而我三兩下就屈服了。日南繼續笑著點點頭。

「話說我剛才想到，一個禮拜不是要拍五張，而是要拍七張對吧……」

「是啊。」

「也就是說假日還要繼續進行……」

「那是當然的。」

跟剛才沒什麼不同，日南依舊笑容滿面。

「唉……好。」

即便我發出嘆息，還是立刻振作起來。

既然決定要做了，那男子漢 nanashi 就要專心完成課題。

該怎麼說，明明都說可以給段時間讓我慢慢思考了，卻有種這一星期會變得非常忙碌的預感。

＊　＊　＊

於是我回歸現實，目前人來到圖書室前方。

早上被賦予的七個任務之一，其中一樣是「跟菊池風香一起拍照」。其他還有好幾個不簡單的課題，因此剛開始看到的時候並沒有顧及這個，但仔細想想會發現只有這樣任務是跟別人單獨拍照。不管怎麼看都覺得難度太高。

就是因為有這個任務，我才會在這間圖書室前方變得如此緊張。

但是要拍到這張照片，換教室前先來到圖書室是最合適的吧。不過課題有七個，今天其實也可以拍其他照片，比較難的課題就要趁有機會先行挑戰才對。

就算沒有這個課題，經過小玉玉事件，我還是想跟菊池同學好好談談。

因此我慢慢打開門扉。一股遠遠超越負離子技術和自動除菌離子技術的治癒空氣溫和撫摸我的臉部表面。菊池同學的治癒力已經超越科學和超自然範疇。

菊池同學就待在平常那個位置上，嬌小玲瓏的身子端坐在那兒。

當我緩緩靠近，發現我過來的菊池同學露出安穩微笑，那簡直就是愛的體現，加上圖書室的景色就形成一幅畫。

「妳好。」

「你好。」

我們兩人不約而同打招呼，接著我坐到菊池同學旁邊。那對我來說果然是很自然的舉動，做的時候該保持多少距離才好，就連這方面都不太需要細想，只不過今天非常緊張。

「那些大風大浪都已經歸於平靜，真是太好了。」

菊池同學闔上書本，簡短地說著。她所說的大風大浪肯定是在講小玉玉那件事情吧。

「……是啊。」

自從那件事情解決之後，這還是我首次能夠跟菊池同學好好聊聊。她幫了很多忙，必須跟她道謝才行。

「花火真的很厲害呢。」

彷彿融化冰雪的晨光一般，菊池同學露出淡笑。

「嗯，真的。」

我也對她露出微笑。

緊接著菊池同學輕輕點頭，讓人聯想到附著在葉子上的朝露滴到草木上，她道出溫暖話語。

「就像用飛的一樣，跨越了許多障壁。我想花火她原本就具備能夠飛躍的強韌，只是之前都不知道該怎麼使用翅膀。」

這種比喻方式很有菊池同學的風格。但我很清楚她背後想要表達的。改變表面上的呈現方式，去做一些事情讓大家習慣自己的角色特性。雖然也有對這些外在層面下點功夫，但其實骨子裡最根本的，還是小玉玉原有的那份強韌。

不用改變根本性格就被大家接受。那肯定是一種理想形式吧。

「的確……因為她原本就很強韌，若是能夠飛翔就會變得自由自在。」

我直接拿那些比喻回話，結果菊池同學帶著開心的笑容點頭。

「……是的。」

我對菊池同學露出笑容。

「多虧妳提供許多協助，在此鄭重跟妳道謝……妳幫了很大的忙。」

在我說完這句話之後，菊池同學慢慢地搖搖頭。

「不客氣。若之後還有遇到什麼困難，我也會幫忙的。」

「嗯，好。」

「……雖然我能做的不多。」

「沒那回事。」

面對菊池同學客氣的回應，我盡量用真切的語氣否認。

因為實際上她真的幫了很大的忙。

小玉玉就是不肯對大家完全敞開心胸。而能夠讓她敞開心房，菊池同學說過的那些話肯定也是助力之一，起到很大的效果。

「光是聽了菊池同學對大家的看法，感覺就讓視野變得更寬廣。」

「……是這樣嗎？」

「是啊。所以今後若還有發生什麼事情，我也想來找妳幫忙。」

在我說完這句話之後，菊池同學微微地點點頭，臉上綻放笑容。

接著她用害羞的目光仰望我。

「嗯……不管是什麼事情都可以跟我說。」

她眼裡浮現不可思議的色彩，再加上白皙的肌膚，以及有著些許紅潮的臉頰，那漸層色彩像極光一般閃閃發光，我的視網膜染上了這些色彩。那些無法處理的美麗在腦海中變成璀璨的情感，敲打著胸口，像是要把心臟刺破一樣。

「我、我知道了……到、到時再拜託妳。」

「嗯、嗯嗯。」

後來我們兩個人都陷入沉默，一段尷尬的時光流淌著。讓人坐立難安又有些焦急，然而溫和又舒適的氛圍給予這個被書本包圍的空間溫度。

「……可是。」

「嗯？」

菊池同學開口劃破寂靜，她臉上神情變得莫名嚴肅。

帶著這樣的表情，菊池同學說了這番話。

「但我還是很在意，不知道日南同學在想什麼。」

「……我懂。」

「感覺有點不對勁……」

那個時候日南安排了一場大戲。那一幕看在大多數班上同學眼裡，她只是完美女主角吧。幾乎可以說是到達完美的程度。

「覺得不對勁是嗎……」

然而裡頭卻飄蕩著算計的氣息。有魔王的企圖存在。

要說日南是否真的將這些撇除乾淨，其實不盡然。

就好比水澤和小玉玉都察覺到蛛絲馬跡了。

早在之前菊池同學就很在意日南的「動機」，她或許已經有所察覺。

「日南同學想得多麼深遠，又打算做什麼，這些我都不清楚，也不曉得能不能問。」

「……嗯。」

我知道真相，說真的很慶幸菊池同學沒有把話說得那麼具體。

不管是對菊池同學的問題撒謊也好，有所隱瞞也罷，都讓人心情有點沉重。

「不過——假如我的想法正確。」

菊池同學彷彿要更進一步深入。

「日南同學為什麼要做到那種地步，這點令我在意。」

「……嗯，說得也是。」

我也這麼想。

日南為什麼要做到那種地步？

「在日南同學心中，肯定有某件事情是她無法原諒的。」

「……或許如此。」

菊池同學這切中核心的一句話讓我大吃一驚，差點連話都說不好。

因為日南今天早上就說過一樣的話。

她說「我也有不能原諒的事」之類的。

果然菊池同學能夠透過那雙眼看清某種不可見的事物吧。

「我認為人在生氣的時候，會從自己應該保持的狀態、現況中抽離。因此她那個時候肯定也抽離了，來到絕對無法原諒對方的地步。」

「自己應該保持的狀態是嗎……」

「是的。」

菊池同學點點頭。

我試著針對這句話思考，卻找不到答案。

但若是套用菊池同學的話。

那對日南來說肯定是能夠稱之為「理想」的東西。

「不曉得她是為了什麼。」

因此我就只能得出曖昧的答案。

「就連友崎同學都不曉得對吧……」

「……嗯。」

對。

我看似很貼近日南，但實際上——

其實我對日南一點都不了解。

也因為這樣，那個時候才會在鞋櫃前方。

被水澤問到我對日南有什麼看法時。

我是這麼回答的。

——想要多了解日南。

「……對了。」

這時菊池同學靈光一閃開口道。

「嗯？」

「假如方便的話，有樣東西想請你看看……」

「有東西想讓我看？」

菊池同學莫名露出害羞的表情，用手指撫摸臉頰接話。

「我寫了……新的小說。想把那個……」

她別開目光說出的話語彷彿被吸進森林樹木一般，逐漸消失。但這樣反倒更顯得神祕，消失的聲音就好像被施了魔法，傳達到我心中。

「嗯、嗯嗯，請務必讓我看。」

「謝謝……」

菊池同學用彷彿一開始就消失的音量說著這句話，整張臉都紅了。雖然有點好奇她怎麼會在這個時間點上突然想起那件事情，但看她露出這種表情，就連我的思考都不禁跟著停擺。

「那、那麼，下次……我再帶過來。」

「嗯，好、好的。」

「那、那下次見！」

接著菊池同學就用誇張的動作鞠躬並離去，她的背影看起來比平常更可愛，但我根本沒有餘力將這些刻在記憶之中。話說這才想起來，我的攝影任務完全沒有進展。但處在那片神聖光芒中根本辦不到吧。若是在這裡拍照，照片裡頭搞不好會拍到妖精。

＊　＊　＊

放學後。

在跟日南開會時，我跟她解釋還沒拍到今天的照片，結果日南說「好吧，畢竟你也沒什麼時間自由使用智慧手機」，一下子就通融了。

但仔細想想，關於這次的課題，除了跟菊池同學一起拍照，其他若不是在放學後或休假日就很難辦到。若非在遊玩途中拍攝，大部分都難以完成。

所以基本上得在放學後拍攝，隔天早上再拿給日南看就ＯＫ了，日南曾經這樣提點過。

因此我現在讓會議早早結束，趕緊前往教室。首先必須在放學後跟中村他們一起回去，途中再順道去某個地方，必須讓這樣的事件發生才行。

我一來到教室就發現中村他們還在教室後方閒聊。好險好險。若是他們現在全都不在了，那幾乎就可以確定今日的任務會失敗。也就是說今後最好盡量省略放學後的會議，或許那樣比較妥當。

「嗨——」

我盡量裝出像現充的語調，朝著中村集團隨興走去，那三個人並沒有特別的反應，只說著「嗨——」，理所當然地接納我。嗯，雖然只是一點小事，但這樣果然會讓人感到開心。

這時我突然發現一件事情。

「咦？那個……中村和竹井，你們的社團活動呢？」

照之前情況看來，水澤並沒有加入任何社團的樣子，但這兩個人好像是足球社的。我用自然的語氣詢問，接著中村就隨興回應。

「那個啊，最近打完新人戰就引退了。」

「咦，是這樣啊。」

中村先是點點頭，緊接著水澤就插話補充。

「某些人會打到三年級沒錯，但反正也沒辦法靠那個保送縣立大學，基本上都會退社。」

「因為被叮嚀要專心準備考試，所以不能參加三年級的大賽——！」

竹井說這話的時候很沮喪。

「咦，是這樣啊。」我邊說邊浮現一個想法。「……咦？那日南呢？」

印象中那傢伙到現在還是有參加晨練，放學後也有去練習。

這話一出就讓中村嘴裡說著「不一樣不一樣」，手掌像在搖扇子般搖來搖去。

「那傢伙是特例。今年也會參加全國高中綜合體育賽，就算升上三年級也會參加大賽吧？」

這個時候水澤也說了一聲「的確——」，並做補充說明。

「總之就是希望她能夠得獎。」

「原、原來如此……」

冷靜下來想想會覺得日南果然厲害，還受到學校特別優待。但能夠在社團活動之中做出成績，那也有助於招生宣傳吧。

聊到這，我們四個人背起書包，不經意看看彼此。

「好，那我們回去吧。」

中村先是說了這句，接著我們四人就離開教室。感覺好像變成固定班底的感覺，讓人好緊張。

＊　＊　＊

後來我一直處於焦慮狀態。

我打算四個人一起放學回家，然後趁著順道去某個地方的時候，找時機完成課題「跟中村修二和竹井一起拍照」，但都不得其門而入。

這是因為——

這一刻，我們正從這群人三不五時就會去的遊樂中心前方通過。

還沒到這個遊樂中心之前也有一些家庭式餐廳等等，但我們早就從那些地方經過了。再過去就只剩下車站。也就是說這樣下去很可能會直接回家。

仔細想想是有可能的。並不是每次一起回去都會順道去某個地方。那為了達成這個課題，在醞釀可以拍攝照片的氛圍之前，「回家時間大家一起去某個地方」就成了必要前提。

眼下的氣氛看來就是大家都不太可能提出順道去某個地方，如此一來肯定就會演變成「那樣」。我懂了，日南，其實這是綜合性的實踐課題對吧。

於是我先做個深呼吸。

「啊，要不要順便去一下遊樂中心？」

像這樣不經意邀約他人，對我來說還是第一次呢。感覺很難為情，意外地很緊張。

「哦──今天懶得去──」

此時中村劈頭就應了這麼一句。喔喔。真的假的。原來還會出現這種模式。感覺受的打擊比想像中更大。因為我之前都沒主動邀約過人，所以都不曉得。

但這下該怎麼辦。若是就這樣回去，那就無法完成課題。必須想辦法糾纏下去。

「拜託一定要去！」

「……啊？你搞什麼？」

我之前都不會主動邀請人，卻突然莫名纏人，這讓中村用狐疑的眼神看我。

但眼下身為玩家最重要的還是盡全力完成對方出的課題。既然如此我該做的就是配合對方交涉。水澤和竹井都在現場靜靜觀望，只要能夠說服中村，我們應該就能去遊樂中心。

那就要配合中村輸不起的性格進行……

「哦——你是怕再次輸給我？」

我故意加上一些演技說了這句話。怎麼樣，這下就連中村都會聽進去吧。

「……這種沒品的挑釁是怎樣？」

不料中村卻一副很傻眼的樣子，用像在看悲哀物體的目光看著我。咦？行不通。看樣子徹底撲空了。可以說完全打偏。

「你、你不是在『鬥犬4』……」

「不，這我也知道，不過……」

我拚命解說也沒用，中村看這邊的樣子完全就像在說「啊？」。不行我失誤了。氣氛變得好奇怪。該說對付超強大的現充對手，還想用話術之類的挑戰，是我不對。做自己不熟悉的就會變成這樣。

「呵呵呵，你果然很有趣。」

水澤已經完全進入調侃我的模式了。可惡，怎麼會變成這樣。

中村則是歪頭納悶地看我。接著嘆了一口氣。

「好吧——既然你都這麼堅持了，去也沒差。」

「他都這麼說了，恭喜你啦，文也。」

「好耶我們走——！」

「……喔、喔喔。」

如此這般，我就在非常難為情的狀態下前往遊樂中心。嗯，這樣算是有達到目的了吧。

＊ ＊ ＊

後來我們四個人一起來到遊樂中心。

現在在玩我最近才開始練習的音樂遊戲。

「唔……」

「這傢伙……」

我跟中村正開啟對戰模式廝殺。

中村有說「我超會玩這個遊戲」，我還以為自己多半會輸掉，結果才剛開始每個禮拜練習一次的我占盡上風。但這部分大概是玩家跟非玩家在語言上有隔閡吧。對我來說開始練習兩個月是「才剛開始」，但這部分傳到中村耳裡好像扭曲成別的意思了。雖然開始在這個遊樂中心之中登上積分排行榜，但不夠看就是不夠看。而所謂的「超會玩」只能拿來形容全國頂尖。

「好！」

來看比賽勝負。在積分爭奪戰上，我以些微差距獲勝。

「可惡！」

中村邊說邊站起來，大口喝著他手上的碳酸飲料。搞什麼，這傢伙明明就不想來遊樂中心，現在卻變得很燃。

「厲害～」

水澤用輕鬆的語氣說了這句。

「中場休息。」

這話一出就讓中村「嘖」了一聲。啊——好可怕。

「哈哈哈。啊，對了，修二你文化祭有什麼打算？」

被水澤一問，中村皺起眉頭。

「什麼意思？還問我有什麼打算。」

「就是去當執行委員之類的。」

「啊——」

「你會做吧!?」

中村一副事不關己的樣子，水澤就跟平常一樣冷靜，就只有竹井過來答腔是帶著濃濃的興致——原以為是這樣。

不料中村扯嘴笑了一下，抓抓脖子。

「總之也只能當了吧。」

「很好，說得對。」

水澤和中村對著彼此點點頭。哦。讓人有點意外。

看來包含水澤在內，中村他們對文化祭有很高的參與感。

這個時候水澤的目光落到我身上。

「那文也也一樣吧？」

「咦？」

「你也來當候選人。ＯＫ——？」

「呃——我、我知道了。」

被水澤這麼一說，我隨波逐流點頭答應。像這種看似雲淡風輕又強勢的作風很有水澤風範。反正除了「怕當執行委員」也找不到其他理由拒絕，而且硬要說起來，感覺日南也會要我那麼做，所以就這樣吧。

「那女生那邊是誰會當⁉」

竹井這話是帶著興高采烈的表情說的，只見水澤稍微想了一下。

「繪里香她們好像打算徹底不甩文化祭，應該會找深實實她們吧？」

中村跟著點點頭。

「大概吧——」

嗯，在球技大賽的時候就讓我有這種想法了，果然現充根據群體的不同，對待活動的態度也會不一樣。有些現充團體會像中村他們和日南那群人一樣，積極參與，也有些集團會像紺野那幫人那樣，反倒避而遠之。

中村再次坐到我隔壁的位子上。

「那好，再來比一次，友崎。」

「求之不得。」

我樂得回應。以現狀來看，我的實力略勝一籌，所以玩起來很開心。糟糕，玩遊戲玩到入迷，完全沒有進行攝影任務。必須要來想想對策才行。

雖然這麼想，但我又再次沉迷於對戰，配合節奏按壓五個按鈕。

話說早知道會變成這樣，就應該多做練習才對。老實說我頂多只有利用玩其他遊戲的空檔來練習，所以我自己的功力還不到能夠讓我接受的程度。

而這場比賽是中村獲勝。

「好耶～♪」

一看就知道中村心情大好。可惡，好不甘心。還想再比一次。下次我一定會稱霸整個比賽……咦，等等。這該不會是個好機會吧。他心情很好就表示有可能不會拒絕我的請求，搞不好能夠逆轉勝。當實力不足的時候，就要確實掌握對自己有利的局面，可不能放過這個機會。

於是我就跟中村這麼說。

「那個──要不要拍紀念照？」

「啊？在說什麼？」

「剛才玩遊戲玩得很盡興。還有——……我想要開始玩 Instagram。」

我心裡想著自己突然說些莫名其妙的話，但還是努力跟中村交涉。

「啊？友崎要玩 Instagram？」

「對、對啊，是有那個意思。」

「哦——好吧無所謂。」

雖然對方出現微妙的詫異反應，但他還是答應了。接下來只要邀請竹井也一起入鏡就好，但這應該……

「竹井要不要也一起來？」

「我可以一起拍吧!?」

果然只要邀請一下就能輕鬆達陣。

於是我就啟動接到這個課題時確認過操縱方法的手機相機功能，然後按下拍照按鈕。

「ＯＫ——」

之後我帶著喜孜孜的表情關閉智慧手機。很好，這下課題就完成了。

但不曉得為什麼水澤歪著頭。當我跟他四目相對，水澤就面露苦笑。

「沒什麼，只是你居然拿自己輸掉的畫面當背景來拍紀念照……」

被他這麼一說才有所驚覺的我轉過頭，那裡用大大的文字寫著「ＹＯＵ　ＬＯＳＥ」。咦，不會吧，我居然拿這個當背景拍照。

我開始確認放在資料夾裡面的照片。

「……不，沒問題。」

「沒問題是什麼意思？」

眼看水澤很納悶，我就把智慧手機裡頭的照片秀給他看。

「你看，YOU LOSE這幾個字看不到，所以沒關係。」

畫面上呈現一張晃得很厲害、導致文字都看不清楚的照片。哼，這就是非現充的攝影技術。服了吧。

「知、知道了。這樣啊。」

水澤用憐憫的眼神看著我……嗯，好吧這是正常反應。話說連臉都糊掉了。但勉強能夠看出誰是誰，那樣就沒問題了吧。

＊＊＊

隔天早上。時間來到星期三。

看到我拿出來秀的照片，日南臉上浮現複雜的神情。

「這個根本都糊掉了……」

「……那、那是因為──」

這免不了讓人吐槽。我正在支吾其詞，日南就發出一聲嘆息。

「套用在課題上算是勉強合格……但基本上攝影技術很有問題……」

「呃——太爛了？」

日南點點頭。

「之前不是說過了嗎？這可是要上傳到 Instagram 的照片。就算能夠看出是中村、竹井和你好了，假如拿給大家看，那又會有什麼下場？」

「說、說得也是……」

我原本是覺得反正有拍到就好，一半是用像在玩神奇寶貝拍照遊戲《pokeemon snap》的感覺攝影，但這可是要拿給大家看的照片。不是有拍到就好。

「總是像這樣的照片才出現一張是無所謂。畢竟你的 Instagram 只會放給熟人看，下次開始多加注意就好。」

「我、我知道了……」

我變得有點沮喪，日南則是飛快進行下一步驟。

「那我們趕快來創設吧。」

「要創設什麼？」

「這還用說？」

日南用手指「咚咚」地敲敲自己的智慧手機。啊啊，對喔。這可是要上傳到 Instagram 的照片。

「是在說要創設帳戶吧。」

當我說完，日南便不發一語迅速將智慧手機畫面秀給我看。我發現上面出現打著「鬼正」的記事本。

「妳對於玩鬼正花式有這麼高的熱情是怎樣。」

甚至連無聲的鬼正都出現了。

「話雖那麼說，其實隨便開一個帳號就行了。」

我的吐槽被忽略，這傢伙是怎樣。

「……呃——有什麼需要特別注意的嗎？像是使用者名稱或帳號名稱，還是頭像之類的。」

被我這麼一問，日南點點頭說「確實是有」。

「關於頭像，或許你最好花點心思，但我認為目前就先用那個模糊的合照就行了。」

「用、用這個可以嗎？明明都糊掉了。」

「三個人都能勉強看出誰是誰。若是拿來當頭像，這種模糊的感覺搞不好有加分作用，是說你也沒別的照片吧？」

「是這樣沒錯……」

基本上世上並不存在收錄我開心模樣的照片。之前去合宿的時候，在竹井狂拍的照片裡頭也許有幾張，但頂多就這樣了。

「總之先把那個當成頭像，然後上傳那張照片當第一張，第一個拍照任務就算完成。」

「我知道了，現在就弄。」

我邊說邊下載 Instagram 的 App，並申請新的帳號。

「那在創設帳號的時候，你順便聽一下。」

「嗯，什麼事？」

日南用非常輕描淡寫的語氣接話。

「有個新的課題只能在現在這個時間點上進行，可以跟這次的課題一起同時進行嗎？」

「好……咦，什麼？」

我的視線從智慧手機轉到日南身上，日南看著我的表情就像在說「有什麼好奇怪的」。

「怎麼了？」

「沒、沒事，但這一星期不是讓我審視自我的休息時間嗎？」

她反倒陸陸續續出課題，我都快應付不了了。

只見日南皺著眉頭點點頭。

「這個嘛，話是那麼說沒錯。但你想想，文化祭就快開始了吧？這個活動一年才舉辦一次，而且還是跟其他人加強關係的最大機會，就算有點勉強也不能放過。」

「嗯——這個嘛，也對……」

說到文化祭確實就會想到現充，說到現充就會聯想到文化祭。具體而言要怎麼跟大家加深關係，我是不太能想像，總之說是個好機會確實有那種感覺，這個活動充滿濃濃的現充氣息。

不過，這個時候要追加的課題該不會是那個。

「那我該做什麼才好？」

「就等這句。今天班會上大概就會選出執行委員。所以你要毛遂自薦。」

「啊啊，果然……」

我露出苦笑，把話接下去。

「如果是這件事情，用不著當成課題，我早就已經準備去當候選人了。」

當我說完，日南眨著眼睛看我。

「這話什麼意思？」

「呃——昨天有跟中村他們談到去當執行委員的事。」

「……哦。」

日南看似佩服地點點頭。

「竟然願意主動去參與，看來你成長不少。」

「喔、喔喔。」

她二話不說就誇獎我，讓我有點害羞。

「但你的話，大概只是人家開口就跟著隨波逐流吧。」

「唔……」

日南完全戳中要害的敏銳度也讓我難以招架。就跟妳說的一樣，日南同學。

「總之有要做就好。你一定要成為候選人。」

「好，知道了。」

「照班上的氣氛來看，其他候選人大概也都會是現充世界的成員。一方面是要藉此累積經驗值，另外還要讓班上同學看到你跟那些現充混得很熟，和他們一起共事，這也是一個很重要的效果。」

「思考邏輯就跟社群網站一樣是吧……」

「就是這樣。」

日南微微一笑。那笑容非常爽朗，說出來的話卻很邪惡。

「拿來跟攝影任務放在一起講好了，去當執行委員候選人或許也會讓事情變得更容易。跟他們一起度過的時間變多了，機會也會跟著變多。」

「……這麼說來深實實和泉也都有可能當候選人，是這樣吧。」

看她們兩人之前的表現，是有可能來當候選人……但根據中村那幫人所說，紺野繪里香她們好像對文化祭興趣缺缺，泉這邊的不確定性還是有的。好吧，就算是那樣好了，也只能硬著頭皮做了吧。

「對。因此新的課題就是除了要成為文化祭執行委員候選人，還要當上執行委員積極參與文化祭，讓大家確實接受自己的意見，彰顯自身存在感。」

「聽起來滿籠統的？」

日南點點頭說「的確」。

「就算在這裡出具體的課題，那樣也會顯得課題太多。我認為指出一個約略的方向剛剛好。」

「也好，像這樣輕鬆一點，對我來說也比較好。」

是說之前就有跟中村他們講到擔任執行委員的事情，就這點來看，也許能說其實課題並沒有增加。

接著日南眉頭一皺。

「輕鬆？這就錯了。就因為課題是抽象的，如果掉以輕心可是會失敗的喔。總之面對各種情況都要展現自己能表現出的最大限度積極性。」

「各、各種情況都要，還是最大限度……」

難度一口氣提升好多。早知如此就別說什麼輕鬆之類的。做了多餘的事自食惡果。

「了、了解……」

看我意志消沉，日南露出滿足的笑容。可惡。她提升課題的難度可能就是要看我沮喪，以後要注意。

「對了對了，當然也不要忘了跟大家說你的 Instagram 帳號。」

「好吧，既然都特地開了……」

雖然擔心大家覺得「這傢伙在搞什麼鬼」，但大家都有在玩社群網站，應該不要緊。畢竟也已經跟中村他們說過我要開始玩 Instagram 了。

「好了，那今天也好好努力到頭破血流吧。」

「拜託妳用溫和一點的形容詞……」

事情就是這樣，今天又是充滿課題的一天。

＊　＊　＊

早上跟中村他們三人組成員告知 Instagram 的帳號後，這天的班會開始了。

「好——就像之前說過的那樣，今天要來決定文化祭的執行委員。」

開始了，要來選執行委員，我的第二課題從這邊展開。

老師在講臺前方環視眾人。

「希望男生女生可以各選出三到四個人。那我們先來選男生的執行委員，有人自願出來當候選人嗎？」

「我來當——！」

這個時候，該說果然不出所料嗎？竹井反射性舉手，班上同學都在小聲竊笑。那傢伙四周不管何時看都一片祥和。從某個角度來說，我覺得他很偉大。

但我現在也得跳出來毛遂自薦。在其他人踴躍舉手之前，我趕快來舉手。反正不管怎麼說都得舉。

中村跟水澤接下來應該會立刻舉手吧，跟著他們舉手有點那個，所以我在這之前就先稍微窺探大家的目光，然後怯生生地舉起手，幾乎是在同一時間，水澤跟中村也舉手了。班上同學的目光都聚集在他們兩人身上。不曉得人們會怎麼看在場的我。

「喔，那目前就是竹井、友崎再加上中村和水澤這幾個是吧。」

「太好了──！」

大概是因為這些成員都如自己所願吧，竹井發出興奮的呼喚。

「竹井你有夠吵的。」

當中村厭煩至極地吐槽，班上同學便跟著偷笑。就只是一小段對話也能讓班上同學接受，感覺好厲害。就像是只屬於班上頂尖集團的把戲一樣。

「男生這邊大概就這樣吧──還有人自願嗎？」

面對再一次詢問志願者的聲音，再也沒有人舉手。也對，這四個人擺明散發出他們意願很高的氣息，要加入這些人也需要相當大的勇氣吧。若是考慮到裡頭還參雜我這個弱角，其實他們更可以輕鬆加入的。

這時老師說「那好，就決定是這四個人──」，將我們的名字寫在黑板上。

「那接下來換女生。有人自願的嗎……」

「我自願──！」

負責炒熱班上氣氛的深實實都不等老師把話講完就精神抖擻地舉手。這也有種意料之中的感覺。但這樣就跟竹井角色重疊了，沒問題嗎深實實。

「哈哈哈。首先是七海啊——那其他人呢——？」

「小玉！跟我一起打造文化祭吧！」

深實實對小玉玉大大地張開雙手，小玉玉臉上那正直的表情完全沒變，她開口接話。

「咦，我就免了。」

聽到這麼乾脆的回絕，班上的人都笑了出來。

「咦——！小玉好過分！」

看到深實實出現誇張的悲傷反應，班上同學笑得更大聲。

我對於能夠將一切開朗處理的深實實手腕感到佩服——但剛才那段互動讓我察覺一個跟之前都不同的關鍵差異。

就是班上同學發笑的時間點。

之前小玉玉跟深實實互動的時候，大家都是因為深實實的反應才笑。

應該這麼說，是因為小玉玉用太過直接的方式表達心中所想，會跟現場氣氛起衝突，在快要出現奇怪的停頓之前，深實實就會緊急插花搶救，讓那個變成笑點來幫助小玉玉。

每次都是這樣。

但如今，就在小玉玉說出「咦，我就免了」的瞬間。

深實實都還沒吐槽，在小玉玉說話的階段就已經讓大家發笑。

小玉玉還是原本的她，已經在班上有了一席之地。

我認為這件事其實已等同不言而喻的象徵了。

「那真是可惜了，七海～還有其他人自願嗎——？」

「葵——！」

這時深實實淚眼汪汪地向日南求救。

緊接著日南就刻意讓自己變得面無表情——

「啊，我也免了。」

她重複小玉玉說過的話，還學小玉玉說話的語氣。

這又讓班上同學大笑出聲。

喔喔，該說不愧是日南嗎？就連我都能看出這樣肯定好笑，是淺顯易懂的笑點。那傢伙腦筋真的動很快。

「怎麼這樣！我被同一句話拒絕兩次，好歹也想想我的心情！」

深實實這句吐槽讓班上同學笑得更大聲。以深實實自告奮勇為開端，接著就好像在做三級跳遠一樣，大肆炒熱現場氣氛。這就是溝通能力強大之人的頂尖對決嗎？讓我望塵莫及呀。

「啊哈哈。但妳想想，我可是還要做學生會長的工作。」

「這、這樣啊。」

等日南補上這一句，深實實也跟著放棄了。

「說得也是。這部分就不能兼顧了。那其他人呢——？」

當老師環顧整個班級，其中一個跟深實實要好的運動幫女子成員舉手。

「啊，那就我來做吧——」

「哦，由紀妳真棒！」

「那我也要——」

如此這般，周遭那些跟深實實關係不錯的女孩子們都來擔任執行委員。不愧是深實實，很有人望。

「那個……還有我！」

就在這個時候，泉原本有點猶豫，後來她豁出去舉手。啊，連泉都自告奮勇了。因為紺野繪里香對文化祭興趣缺缺，所以我認為泉沒辦法積極參與……但實際情況又是如何？

仔細一看發現紺野繪里香對泉自告奮勇絲毫不為所動，她用手撐著臉頰，對班上同學毫不客氣地表示「老娘對這個一點興趣都沒有」。啊——好可怕好可怕。在這種情況下，對於明明是自己這一掛卻單獨舉手的泉肯定頗有怨言吧。泉在球季大賽的時候曾說她想要盡全力享受一番，這次也一樣嗎？啊，還是因為中村來當執行委員的關係？

「好——這樣女生就四個人了。就決定是她們可以嗎——？」

老師跟大家確認，都沒有人再舉手。

「那就這麼決定了——交給你們啦——」

情況大概就是這樣，不管是男生還是女生都很快選出執行委員。

男生這邊有中村、水澤跟竹井這組現充三重奏，再加上我，但最近越來越常跟他們在一起，已經逐漸習慣了，加起來總共四人。看在其他人眼中，應該就只有我格格不入，但我自己並沒有覺得待起來那麼難熬。

女生這邊是深實實，還有兩個跟深實實要好，屬於她們那一群的女孩子，再加上泉。深實實和泉主要隸屬的集團雖然不同，兩人卻感情要好，成為一個恰到好處的現充集團。

換句話說，男女兩邊綜合來看，會發現在這些現充之中，就只有我是亂入的，不免給人這種印象，但照這些成員來看，其實並沒有那麼難熬，或許我的地位也會稍微有所改善。雖然是因為被日南下令才去跟這些人打好關係，但仔細想想，那些成員在班上也算是特別醒目呢。藉著跟他們混熟可以讓我看起來像假的現充，能夠產生這樣的效果。正確說來就是會讓我覺得「活著真好」。

「好——那就這麼決定了，都沒問題吧——就拜託你們幾個了——」

老師對著大家用不帶感情的語氣叮嚀，深實實和竹井兩人互看彼此。

「包在我們！」

「身上——！」

然後他們兩人都將拳頭朝著天花板舉去。這麼有默契是怎樣。這兩人一旦碰頭果然就會讓場面變得很嗨。讓我開始感到不安，擔心自己能否跟上大家的腳步。

＊　＊　＊

就在黑板前方，剛才選出來的八個執行委員站在那兒。

接下來要直接決定文化祭的相關事項，執行委員要在前面徵詢大家的意見。

換句話說，我要在這裡對著全班同學積極發言，確實表達自己的意見。之前也有要我主張自我意見的課題，但跟之前不同的點在於這次要當著全班同學的面。

根據老師所說，活動細節有每個班級要推出店鋪，委員會和社團推出企劃和活動，還有自願參加的舞臺表演等等，大致上都跟去年一樣。幾乎不記得去年活動過程的我會覺得那些都充滿未知。

「那接下來就要決定本班將推出什麼主題——！」

深實實將兩手放在講桌上，身體向前方探出，用閃閃發光的表情對著大家說。

看那表情就知道她打從心底期待文化祭。看她積極擔任司儀也能看出這點。深實實很好懂，真好。

那接下來要決定本班將推出什麼樣的店鋪。要在這裡讓大家接受自身意見難度很高，但只能硬著頭皮做了。從早上收到課題之後，在這之前我好歹都有擬定作戰計畫。該拿出什麼樣的意見才容易被大家接受？該拿出什麼樣的理由？照理說班上同學都不會太認真去思考本班要推出什麼才對，只要事先擬定不錯的想法，我想戰況就會對我非常有利。我會加油的。

「有誰想到要辦哪些活動嗎——？」

當深實實跟大家問完，大家就三三兩兩舉手，陸陸續續收到一些意見。

「鬼屋——」

「開章魚燒店！」

「可以讓人射靶或套圈圈的攤販怎樣？」

「尋寶！」

「我想開咖啡廳——」

「遊樂中心！」

人們提出幾個很有文化祭風格的店鋪點子，其中一個屬於深實實集團的女孩子將那些寫在黑板上。順便說一下，每次有人提出意見，竹井就會完全依照個人喜好回應「那個不錯！」，或是「咦——」之類的，照理說他本人完全沒有最終決定權，但被竹井回應「咦——」的點子就會讓大家覺得那點子很微妙。說話有分量的個人影響力真的好強。

現場變得很熱鬧，大家都拿出智慧手機，開始搜索文化祭上可以推出的店鋪等等。嗯，一旦開始討論文化祭，大家的反應就會很現充。接下來，想要在這樣的氛圍中確實引導，讓自己想出來的方案通過，該怎麼做才好呢。

想想我能做的和不能做的，得出結論是首先應該要這樣。

我對形同主持人的深實實開口，要對她提案。

「已經有各式各樣的意見出爐，要不要試著問問在剛才大家提出的點子中，是否有更進一步想做的？」

「更進一步？」

我點點頭並說了一聲「嗯」。由於深實實做出回應，因此班上同學就會開始注意這段對話。我想這樣做應該就能讓更多的人聽進去。其實說真的，應該對著大家大聲說會比較好吧，但這樣對我來說有點太困難了。

然而像這樣沐浴在大家的視線下，壓力比想像中還大呢。感覺呼吸都變淺了，思考力也跟著降低。我沒問題吧。

「那、那個，就好比拿鬼屋來說，大家有沒有什麼想做的構想，或是像咖啡廳，有沒有什麼想賣的食物。」

我盡量讓自己不要去在意他人目光，注意讓自己表現出自然的音調，就這樣跟深實實對話。只不過，聲音會比平常大一些，這是為了讓大家也能聽見。在跟深實實講話的同時也讓大家聽到，這才是我的目的。

「啊——原來如此！是在說這些細節對吧！」

「嗯。」

我點點頭。這次提議的目的除了要創造出容易獲得較多票數支持的局勢，同時也是為了將話題連至我想出來的點子。

當我跟深實實講到一半，水澤順勢從旁邊跳進來插話。

「有道理——就這麼做吧。那麼各位，有沒有什麼特別想弄的鬼屋類型？」

接著他在看似毫無壓力的情況下跟班上同學搭話。這種奇妙的輕鬆感很有水澤風範。這傢伙總是給人從容不迫的感覺。啊，莫非這就是日南提到的受歡迎祕訣？

「如果是鬼屋的話，想要弄得像富士急樂園那樣！」

「咦——那樣太難了吧！」

「那個好像很可怕。」

「要弄成那樣還需要配合音效吧？」

眼下情況變成這樣，大家開始踴躍交換意見。

「如果弄成章魚燒店，不是也能夠製作雞蛋糕嗎？」

「那樣只要使用鬆餅粉……」

嗯，大家給了不少意見嘛。我差不多也該試著提出自己的點子了。

「啊，那我也有一個提議……」

「噢，說來聽聽？」

水澤毫不掩飾地詢問。一方面是因為面對整個班級的關係，在我們執行委員之間只不過對話幾句，幾乎所有班上同學就會把目光放在這。看樣子可以累積不少經驗值。

於是我就帶著非常緊張的心情，試著提出從今天早上就開始想的開店點子。可是花了我不少心思想，應該能夠抓住大家的心。

「那個──關於咖啡廳……除了開一般的咖啡廳，還能讓大家自由自在看漫畫，要不要弄成這種『漫畫咖啡廳』？」

當我說完，水澤先是思考一下，接著就呵呵地笑了出來。

「……原來如此，感覺還不錯？」

聽到這句話讓我也跟著放心下來，因此就決定試著更大膽地說了這麼一句。

「不錯吧？」

「讓大家帶漫畫過來，是這樣嗎？」

「對對，就是這樣。」

情況就是這樣，在我跟水澤對話的途中，慢慢讓概念具體化。這些也傳達給大家，班上同學已經習慣交換意見，場面沒那麼冷了，甚至還有同學說「那我把漫畫《王者天下》帶來！」，聽起來意願很高。很好，感覺還不錯。

但我的提議並不是什麼獨特新穎的點子，只是要以一個集團來執行為基礎而想出來的。

能夠把漫畫帶過來還能自由閱讀，很多班上同學就會買單。而且還能夠有正當理由讓老師睜隻眼閉隻眼，文化祭中常常會有「咖啡廳」這個點子，只要再補上一點變成我的提案。這樣就不會被人二話不說地拒絕，但一方面也是因為川村老師在這方面不算太嚴格，才能巧妙帶過。

換句話說，除了達到利害關係一致，還能說服在上位者。我現在做的就是在深實實選舉時做過的簡易版。只要曾經摸透這其中的原理，隨時都能再度運用，這是很基本的遊戲思維。

「不錯喔──！那還有其他人要提議嗎──!?」

深實實又跟大家徵詢意見，人們又提出幾個方案。大家看起來都很開心。去年大概也是這樣吧，但我一點印象都沒有。因為當時覺得事不關己。

當大家討論完，我們就要來準備表決了。

「那接下來要來表決──！」

深實實用開朗的聲音對全班同學喊話。

「有誰想選鬼屋──？」

班上同學陸續舉手。

「我看看喔，一、二、三……」

深實實要大家表決，一旁的泉正努力數人數。明明只是在數人數卻莫名有種很拚命的感覺，這可以說是泉的特質吧。那種困擾到眉毛下垂的感覺是怎樣。

「有五票！那接下來……」

後來我們針對好幾個項目表決，人數都陸續寫在黑板上。目前最多的是章魚燒店，得到十一票。也能用鬆餅粉來製作甜點式的章魚燒，打算推出兩種產品，這個現充點子頗受好評，才會得到那麼多票。我的對手恐怕就是這個了吧。

「……ＯＫ——！那接下來是咖啡廳！漫畫咖啡廳！」

接下來終於要表決我的提案，也就是咖啡廳。雖然我覺得感覺還不賴，但不確定結果會如何。

人們陸續舉手，乍看之下似乎跟先前最受歡迎的章魚燒店不相上下。

「總共是——……」

緊接著泉仔細數人數，結果出爐。

「有十四票！」

泉舉起四根手指，對深實實這麼說。

「哦！章魚燒店有十一票，所以是……」

深實實對寫在黑板上的「漫畫咖啡廳」這段文字畫個大大的圈。

「漫畫咖啡廳有十四票，就決定辦這個了！」

班上響起微微的拍手聲。

「成了呢，文也。」

「喔、喔喔。」

水澤淡淡地為我的提議被採用一事喝采。這傢伙就是這點討人厭。

話說回來還真是三兩下就搞定了。不過主要課題是放學後的拍照任務，所以這只是附加任務罷了，是說也沒有費多少功夫就完成。雖然只是一些細小之處，但整體來看搞不好我的等級已經上升。這是因為在現充專屬的活動文化祭上，其中有一個推行案決定用我的點子，至少這可不是早早離開文化祭在家裡玩 AttaFami 的男人會做的。

確實體認到我在不知不覺中已經有所成長，這時在旁邊觀望的老師站了起來。

「……這算是遊走在灰色地帶的文化祭店鋪。既然要做了，可不要惹出什麼麻煩。尤其是提出點子的友崎，就拜託你了——」

「咦，啊，是的！」

玩點小賤招的代價就是被人稍微斥責一下。嗯，大人果然不是省油的燈。旁邊的水澤邊看邊偷笑。

「喂，別拿人家的不幸取樂好嗎？」

「嗯？沒有沒有，是你想太多了。」

「啊——是這樣啊。」

我跟著開起玩笑。面對水澤這個人，他是不是現充已經是其次了，感覺只是在面對水澤個人，所以這麼做並不覺得彆扭。

後來班上就開始變得聒譟起來，大家都開始跟附近座位上的人閒聊。

這時發生讓人意想不到的事。

「友崎同學，抱歉囉～」

跟我說話的人是深實實的朋友，好像姓柏崎吧。她留著茶色的直髮，是看起來很活潑的女孩。身上那股現充氣息透過化妝給人的感覺等等，從那些地方強烈地散發出來。咦，怎麼了，為什麼突然來找我講話。

即便感到吃驚，我還是刻意維持之前鍛鍊出來的表情和語氣，再看該拿哪些話來回應。雖然對方跟我道歉，但那是透過表決大家一起決定的……嗯。

「呃——……要說抱歉，其他舉手的人也算共犯吧？」

「啊哈哈，真的。」

只見柏崎同學發出輕笑聲，用手指輕輕按住嘴巴。剛才我這樣回答是正確的嗎？感覺一口氣說太多，應該沒有變成宅男特有的連珠炮說話方式吧。但對方都發出一些笑聲了，應該可以解釋成沒有錯得離譜才對。

「喔喔，文也口才變好了呢？」

「承、承蒙關照。」

「啊，友崎同學的名字應該叫做文也沒錯吧？」

柏崎同學開始盯著我的臉看。出現了，這種現充特有的謎樣距離感。但不要緊。深實實跟泉貼得更近。話說那兩個人果然在現充之中也算是特別親近人呢。

「嗯，是那樣吧。應該。」

「啊哈哈，說什麼應該。」

因為我補上奇怪的用詞才讓對方發笑，為了避免在這種地方軟下去，我抬頭挺胸。只要身體挺直，那心靈也會跟著強韌起來，這半年來已經讓我對此有了概念，像這樣遇到危機時就要善加利用才行。就好比在打魔王的時候要放出增加守備力的咒語，諸如此類。

「因為會這樣叫我的就只有水澤。」

「哈哈哈，好像只有我沒錯。」

「是這樣啊？」

「水澤也是突然就用這種叫法叫我。」

「有這回事？」

就這樣，我跟柏崎同學和水澤一路對話下去。雖然不曉得事情怎麼會變成這樣，但他們畢竟是現充，或多或少都會跟班上同學閒聊吧。反倒該說是之前的我過於孤僻。

這時柏崎同學用感到不可思議的目光看著我跟水澤。

「總覺得最近兩人走比較近呢！」

「兩人是說我跟水澤？」

挺起胸膛，我說話的時候特別注意要讓自己積極參與對話。一旦害怕，從回應到提供話題全部都會被水澤不著痕跡帶過去，回應上稍微多一點點應該會給人比較好的印象。這樣的狀況很新鮮，既然都要聊了，那我想要多多挑戰。目前班上很吵雜，我們這邊似乎沒什麼人在注意。

「對對！就讓人很意外？有那種感覺！」

「啊——好吧也許是喔。」我邊看著水澤邊說。「好像是從暑假之前開始的吧？」

「好像是。但我也滿喜歡親近怪人啦。」

「你說誰是怪人。」

「哈哈哈。」

一面聽著這些對話，柏崎同學笑容滿面。

「啊，話說跟友崎同學講話還是第一次呢！今後當執行委員還請多指教～」

「喔喔，嗯，也請妳多指教。」

此時水澤突然說了這麼一句話。

「啊，文也最近開始玩 Instagram 了。小櫻妳也有在玩吧？」

「咦，對啊我有玩～」被人叫「小櫻」的柏崎同學看向我這邊。「你的帳號是哪個——？」

「啊——就是——」

接著我注意繼續保持原本的態度，把話說得清楚堅定，跟柏崎同學交換了 Instagram 的帳號。話、話說現在還在上課中，可以交換社群網站的帳號嗎？

「請多指教！這是什麼，好糊喔～」

柏崎同學看到我的 Instagram 頭像照片就一直笑。

「雖然我開始試著玩，但好像沒什麼拍照天分……」

看我用悲哀的語氣說了這些，柏崎同學便「啊哈哈」笑。

「那真是太悲慘了！這下可要好好練習！」

「喔、喔喔，說得對。」

對話大概就到這邊結束。嗯，雖然進展得有點莫名其妙，但追蹤人數增加了。主要都是水澤的功勞。話說為什麼她突然來找我說話？之前明明都沒有。

在大家的吵鬧聲中，老師咳了幾聲清清喉嚨。

「各位，現在還不是休息時間——接下來要討論在體育館中要推出什麼——」

這句話讓所有人目光一口氣集中到老師身上。仔細想想，老師每天都像這樣被大家看著呢。只要被人看就會瞬間被奪走體力，在我看來那已經是另一個次元了。大人好厲害。

「有那個意願的班級可以在舞臺上辦活動。這就看各班想不想了，大家怎麼看——？」

我腦中浮現去年的回憶。話說回來，確實是有這回事呢。印象中許多班級不是表演舞蹈就是搞笑短劇，或是做戲劇表演，活動五花八門。印象中有開幕儀式，大家都會聚集在體育館裡，然後就順便觀賞的樣子。如果是自由過去參觀的話，照理說我甚至不會知道有這些活動才對。

「上舞臺啊。」

只見深實實迷惘地說了這些，然後就轉眼看著我。

這好像是要我選做還是不做。讓我想到一件事情。按照課題進行就要積極行動，似乎必須想辦法讓大家接納我的意見，既然如此現在就要把場面帶起來，說「我們來辦些什麼吧」之類的。從剛才開始，我就給人一種「這個人超喜歡文化祭」的感覺。

於是我就開始思考該怎麼做，但我後來想到某種做法應該是最有效率的。

「好像選哪種都可以，竹井你怎麼看？機會難得，要參加嗎？這可是最後一年參加文化祭了。」

「當然要上去辦活動啊～～～！」

我只不過是稍微用積極一點的言詞，結果輕輕鬆鬆就讓竹井燃起幹勁，他大聲主張。這就是名為竹井的擴音器。會把我用普通音量說的話直接轉換成強而有力的言詞，擴散給整個班級。在班上同學看來這幾乎可以算是竹井個人的意見，但起頭的人是我，希望這樣並沒有超出課題範圍。

「也對，機會難得——」

「對啊——」

除了柏崎同學，其他跟深實實要好的執行委員也出聲附和。就連泉都頗有同感地猛點頭。這下班上「氛圍」逐漸演變成將文化祭辦得熱熱鬧鬧才是對的。順便說一下，日南也看著這邊點頭。很、很好。

「各位！那我們就參加，可以嗎!?有沒有人反對！」

深實實開始跟大家徵詢意見，但都沒有人反對。是說在這種情況下為了反對而舉手也很尷尬吧。深實實似乎沒有想這麼多，但眼下已經形同定案了。

這時的中村也對此一無所知，他開口表態參加。

「還是參加一下比較好吧？」

「是啊──」

水澤也持相同看法，班上大多數人感覺都像在說「就是說啊，我們參加吧──機會難得！」，因此大家逐漸達成共識。眼下就快要定案了，屬於班上領導階級的中村又來做出結論。這下已經等同決定參加了吧。雖然不曉得中村為何意願頗高，但中村有的時候也會被氛圍感染。

這時深實實放眼看著大家，大大地點了點頭。

「好的了解！老師！我們要參加！」

當深實實統整好意見跟老師說完，老師便想了一會兒後開口。

「既然這樣，也希望大家先談好要推出什麼……但班會時間也快結束了，比較細部的問題就等下次再討論吧──」

「好的！那目前就先決定要登上舞臺表演，但表演內容尚未定案！」

班上同學這邊無人特別持反對意見，關於本班登不登舞臺也已定案。

老師接著大大地點了點頭。

「好——那就討論到這邊吧。接下來要針對今後的行程做說明……」

我們的討論就到這邊結束，執行委員們也回到自己的座位上，去聽老師說明。

嗯，雖然發生一些小小的意外，但大致上還是順利將課題完成了吧。還跟謎樣的同班同學有了交集，果然採取一些行動後，將會迎接嶄新的局面。總之太好了。

目前收到的課題之中，反而是拍照任務還比較困難吧……

＊　＊　＊

這天放學後，在一個小廳堂裡。

我們跟其他班級的執行委員們齊聚一堂，在召開總體會議。

似乎是從各個班級的執行委員中找出四個人當代表，來這邊討論，我們班的代表人是泉、深實實、竹井和我這四個。對了，包含我在內，所有人都是毛遂自薦的。不過除了我，感覺其他人原本就意願很高，選他們算是很適切的吧。我是基於課題才努力自告奮勇。並不是說我一點都不想做，只是我不夠格當代表吧。

來自其他班級、又瘦又高的中年教師對著聚集在此的人們發話。

「那麼，接下來要從你們之間選出執行委員長。有人要自薦的嗎？」

聚集在這邊的學生們紛紛朝彼此張望。

原來如此，是要選執行委員長啊。由於我的課題是要積極參與，因此在這個時候自告奮勇或許才是最理想的，但這樣做好像太過頭了。是說我也沒能力帶領大家，就算在這個時候莫名其妙跳出來說要擔任此角色，放長遠來看還是會扣分的感覺。

因此我決定靜觀其變。這部分總不至於被日南責備吧。

後來有一陣子，人們都在觀望。

有一隻手靜靜地舉到半空中。

老師朝那邊看去。

「嗯──妳是二年二班的泉同學對吧？」

「是、是的！」

當泉回答完，老師就露出微笑。

「謝謝妳自願擔任。若沒有其他人自願，這個工作就拜託泉同學了，可以嗎？」

雖然老師這樣問大家，但都沒有其他人毛遂自薦，因此泉就順利成了執行委員長。

泉就像在確認自己前進的腳步那般，她點了點頭，泉肯定也有她的打算。

一面看著她跨出這小小的一步，我們執行委員的會議繼續進行下去。

＊＊＊

會議結束之後。

深實實、泉、竹井和我這四個人在放學路上會經過的大坡道間向下走。仔細想想，這個組合有點奇異。雖然彼此之間都有聯繫，但光靠這四個人似乎難以構成一幅畫面。

接下來就只剩下回家了，但今天還沒完成攝影任務。是說除了放學之後，其他時間幾乎沒什麼機會完成任務，因此無論如何我都要在這次的回家路上完成其中一個剩餘的攝影任務。

我打開日南透過LINE送過來的任務表。今天可以靠這組人馬達成的任務有……這兩個吧。

在吃冰的泉優鈴。

吃拉麵的七海深奈實。

嗯，兩個都不簡單。話說這些課題未免也太具體了吧。課題如此具體，那我就必須要營造出能夠拿來拍攝的情境才行，換句話說，套用在這次的任務上，我必須積極邀約泉或者是深實實去吃冰，不然就是吃拉麵。可惡，日南那傢伙，這些課題哪裡輕鬆了。

那我現在該怎麼做才好？雖然不管挑戰哪一個都行，但深實實這邊在抵達北與野車站之後還是有機會，因此現在要先挑戰的應該是跟泉的課題吧。

「優鈴執行委員長要好好加油喔～！」

此時深實實用開朗的語氣替泉打氣。

「嗯，謝謝～」

「優鈴鈴最近做了不少事情呢!?」

聽竹井這麼說，泉搔搔脖子說「有嗎」。

緊接著深實實就對著竹井用力點點頭。

「我也那麼覺得！在球技大賽上還擔任代理隊長！」

「啊——嗯——……或許、是吧？」

只見泉有些困擾又害羞地笑了。

因為中村事件和球季大賽，泉出現改變。不只是就近目睹過那些成為契機事件的我，就連深實實和竹井都能明顯看出她跟以前不同了。深實實姑且不論，就連竹井都能發現，表示變化很顯著。

「就是說啊！交了男朋友之後，果然連心態都起變化了嗎～？」

雖然是在揶揄人的話，但可以感覺到裡頭有愛，說話能夠帶出這種絕妙的感覺，我認為深實實在這部分果然很讓人敬佩。她邊說「妳這傢伙！」，邊用手肘輕輕撞泉。

「就說不是那樣了～」

泉也邊說邊扭動身體。

「看招看招看招！」

緊接著深實實的攻擊越來越猛，開始狂搓泉的側腹。啊，這下要開始了。

「討厭！」

「呵、呵、呵～」

看來深實實的開關已經完全打開了，她臉上浮現得意的壞笑。

然後耍寶行為更是變本加厲。

「夠、夠了！」

泉的肩膀和腰柔軟地彎曲，打造出生動又柔和的身體曲線。搖來晃去的裙襬在大腿那邊帶出鮮活陰影，從我眼前通過的髮絲散發著宛如香草的香氣。害我不禁從紅紅的臉頰和半開的嘴唇上別開目光。

之後深實實繼續樂在其中地揚起嘴角，將她身體機能活用在沒意義的地方，從泉背後偷偷地快速靠近。

「嘿。」

——然後從後方一把抓住泉身上的兩顆大球。

「呀啊!?」

深實實的手指陷進泉那膨脹起來的白襯衫裡頭，捏出一些皺褶。又白又細的手指強力侵襲，那模樣看起來有點煽情，同時給人一種道德淪喪的感覺。

「別鬧了。」

但泉不愧也是運動社團的成員，她快速轉身擺脫深實實的束縛，接著拍拍深實實的頭。

「動作果然很快♡」

就這樣，深實實那謎樣的百合模式結束了，放學路上恢復和平。真受不了，在搞什麼，就連我這個看的人都留下奇怪餘韻。

此時我突然想到不知竹井有何反應，就往他那邊看……結果發現竹井眼睛睜好大，一直盯著她們兩人。你也對慾望太老實了吧。

不對。我必須完成課題才行。現在要拍的是泉吃冰的照片，那我首先就該採取以下行動……

「啊，要不要順便去一下便利商店？」

「好啊！軍師你要買什麼？」

從百合世界脫身的深實實用輕快語氣說著。

「就覺得肚子有點餓——」

「啊——因為今天放學時間比平常還晚一點嘛～」

首先若沒有像這樣引導至便利商店，那就沒戲唱了。雖然我完全沒想到該怎麼讓泉在便利商店裡頭買冰，但總之先過去就對了。可是該怎麼做才好？若是突然跟她說「對了泉，是不是吃個冰比較好？」，對方只會覺得莫名其妙，會說我想吃的話

自己吃就好。嗯。

我們四個人一起進到便利商店裡頭，開始隨意挑選。

那首先就來創造一個契機好了。

「啊，這個看起來很好吃。」

我邊說邊指著奶油起司風味的冰品。原本想說選哪個都好，結果隨便挑就指到日南喜歡的口味，但這並沒有特殊用意。

若是這個時候泉說「啊，吃冰不錯呢！」，跟我一起買冰品的話，那我再來順水推舟拍照，將能完成任務，但就不知她會做何反應。

深實實順著我手指指的方向看過去。

「喔！這個看起來確實很好吃！但現在已經很冷了～」

接著她遺憾地說了這句話。

這麼說也是啦。畢竟現在都已經十一月了。日南或許是覺得天氣變冷就很難「吃冰」，所以才拿來當成課題，想要稍微提升難易度。她個性上是會在這種小地方虐待人沒錯，因此我想八成是那樣。

「不不，深實實，就是天氣冷才要吃冰～！」

這時出現意想不到的助力。竹井竟然大力配合。

「對對！這樣反而該吃！」

我用了感覺像是現充大學生會用的字眼「反而」，努力打造成大家一起吃冰的局面。雖然來得莫名其妙，但竹井完全站在我這邊了，戰況應該沒有那麼惡劣。

然而關鍵人物泉卻用像在守望孩子的表情看著我和竹井。

「你們兩人都好有活力喔～」

這反應擺明就是她不想吃。

「那個——泉妳不吃嗎？」

「咦，嗯，因為很冷。」

「這、這樣啊……」

這下糟了，根本踢到鐵板。對方都明確表態說不想吃了，就算我說「哎呀別這樣嘛！」去跟她交涉也沒用，想要用很自然的方式扭轉局面是不可能的。嗯——之後再來解決這個任務好了。因為還有其他可以挑戰的任務。

「小臂！我要吃～！」

不知為何竹井感覺很想吃。嗯，一點都不開心。

「我們一起買吧～！」

「喔、喔喔……」

接著我就跟竹井一起買了一樣的奶油起司冰。

後來我們順勢離開便利商店，在寒冷的天空下，兩人一起吃著一樣的冰品。我這是在做什麼。

這副模樣被竹井用智慧手機的相機開心拍下。嗯、嗯嗯，他看起來很開心，太好了。

「一起吃冰的紀念照！我要上傳到 Twitter 上！」

泉和深實實面帶微笑看著我們兩人。不，我是希望泉吃冰，不是竹井，想上傳的也不是 Twitter，而是 Instagram……但事情沒那麼順利呢。

＊　＊　＊

在泉的冰淇淋拍照任務失敗後，我馬上來到下一個關卡，要挑戰另一個任務。舞臺就是這裡，我跟深實實會一起搭的最後一站北與野。

和泉以及竹井道別後，接下來就剩我跟深實實獨處。要拍深實實在吃拉麵的照片……話說為什麼指定拉麵。感覺深實實不太會吃這種東西。像這樣於細部增加難易度，都能看出日南同學很愛虐待人。

但就跟泉的吃冰任務一樣，像這種細部指示恐怕就是要我複習在文化祭會議上被賦予的「讓大家接納自身意見」課題。要我吃冰的時候就堅持吃冰，吃拉麵的時候就說想吃拉麵，確實表達意見。

「呼——好期待喔——漫畫咖啡廳。」

當我們兩人離開檢票口，深實實笑咪咪地用雀躍語氣說著。

「真的耶——」

此時我邊思考話題邊開口。

「不過……不曉得最後我們要在舞臺上表演什麼？」

「啊哈哈！這個啊！就到時再看著辦啦！」

「一般來說都會做什麼？像是演戲或表演短劇？」

「應該吧！還有就是跳舞或唱歌之類的！」

「啊──還有這些啊？」

我隨興找個話題，後來就以此為契機確實讓閒談繼續下去。感覺不錯喔。

話說跳舞跟唱歌啊。假如真的要表演那些，日南可不是省油的燈，她應該會要我在這部分也積極參與，會逼我去表演吧，但我沒辦法上臺表演唱歌跳舞。不對，就算要演短劇或是時間很長的戲劇都沒辦法。

「期待友崎表演有趣的舞蹈！」

我被深實實用這些話調侃。

「話說之前被笑得很慘……」

以前選舉的時候，我學深實實的動作擺出勝利姿勢，結果被人說「動作好那個……」，遭人瘋狂取笑。我想我大概沒有半點跳舞的天分。

「不，那個我沒辦法……」

「還是靠搞笑短劇來吐槽！」

「不、不不，拜託也別叫我做這個……我這人就不適合上舞臺。」

當我用開玩笑的語氣無奈地說完這些，深實實就恍然大悟地拍了下手。

「啊，你說得對！軍師就是軍師，還是當軍師比較合適！」

「……是說我的頭銜是軍師，所以最好負責當智囊？」

我想辦法解析出深實實連續說三次軍師的用意。這個人講話未免也太隨興直覺了吧。

「哦——對對對！你理解力很好嘛！」

「這個嘛……是因為深實實常一時興起想說什麼就說什麼。」

「我們果然心有靈犀!?」

「唔喔！」

深實實邊說邊用雙手抓住我的肩膀，整個人壓過來。

面對這太過現充的突襲，我差點站不住腳，但沒想到深實實的身體意外地輕盈。

「……嘿。」

我嘿咻一聲重新站穩。

「喔喔！沒想到軍師意外的有力呢！」

「不，只是深實實妳太輕了……」

畢竟她身材很苗條，雖然該翹的地方都有翹。

話說我冷靜下來重新歸納情況，發現眼下問題並不是身體重心不穩之類的，問題是出在距離感上。將兩手放在肩膀上、整個人靠過來，那表示深實實那過分端整的美貌就會來到跟我肩膀距離很近的位子，而深實實的臉靠我的肩膀很近，那就等同靠我的臉很近。換句話說，雖然能夠找回身體重心，整顆心卻七上八下。

我跟深實實就在這樣的距離下四目相對。

「……」

「……」

緊接而來的是一段謎樣沉默。我們彼此都錯愕地睜大眼睛，從表情也能看出思考都停擺了。深實實的眼裡好清澈，照理說我應該沒辦法跟人對望才對，卻不禁被那份美麗奪去目光。

她的鼻梁很挺，嘴脣形狀姣好。這樣看來會覺得深實實果然是國色天香。而且好像還有一股好聞的味道。不對。奇怪，感覺臉好像變熱了。

在這莫名尷尬的數秒沉默過去之後。率先開口的人是深實實。

「……討、討厭，居然說我很輕，說這種話哄人開心──！來──我們該回家了──！」

後來她沒有再看我的眼睛，揮了揮手，人先走了幾步。

「喔、喔喔。」

我的臉恐怕變紅了，一面讓自己的臉冷卻，同時避免讓深實實看到我這樣的臉，在短短的十幾秒間，我都走在深實實後面。

最後靠著冬天的冷風，總算逐漸冷卻下來，我才再次走到深實實身旁。呼──

感覺剛才那一瞬間突然跳脫日常。

話說先等等。剛才那個完全讓我亂了方寸，但我現在必須要做的事可是邀她去吃拉麵。

呃——可是說到北與野，比起拉麵店……

「啊，對了深實實。」

「嗯？」

「要不要去吃『餃子滿洲』？」

雖然覺得不應該邀請花樣年華女高中生去那種店消費，但這也是沒辦法的事情。附近這一代能夠吃到拉麵的店，我知道的只有這一家。在非現充的餐飲清單上，評價標準就只有「一個人也方便進去」。

「咦，接下來要去那？」

「嗯，肚子有點餓。」

當我點完頭，不知為何深實實露出苦笑。

「嗯——其實我肚子也餓了，去一下是無妨……」

「咦？」

「怎麼了？現在是友崎的成長期？」

「成、成長期？」

我不太懂那個字的意思，深實實聽我問完就點點頭。

「因為你剛才都吃過冰了，現在不是又想吃拉麵嗎？」

「……啊。」

這麼說來確實是那樣。我好像變成大胃王了。

我開始慌慌張張地找藉口。

「不、不是啦。不是有那種說法嗎？先吃一點東西反而會讓人接下來想吃更多之類的。」

「啊——這個我懂！」

深實實接受了我的說辭。其實說真的，吃完冰之後反而開始覺得肚子餓了。太好了，被肚子餓拯救。

「那好啊——我們走吧——！」

深實實邊說邊再次興奮地揮揮手，踩著大步、活力十足地邁開步伐。

而我嘴裡說著「妳先等一下」，制止深實實。

「深實實，方向反了。」

「咦？」

嗯，深實實果然太仰賴直覺過活。

＊＊＊

來到餃子滿洲這邊，事情發展立刻超出我的計畫。

當我點完拉麵，深實實對店員這麼說。

「啊，那我來一份餃子定食！」

對。我們不是去只有提供拉麵的店，而是來到綜合中華餐廳，因此深實實就順理成章點了餃子。不，話說我根本是白痴吧，當然會有這種可能性，這裡店名不就是以餃子為主嗎？

但接下來該怎麼辦？我好不容易才拿出勇氣邀約，這樣下去就連這份努力都會白費。

深實實將冰水一口氣喝乾，接著開口說話。不對吧，那種東西不是拿來一口氣喝乾的吧。

「哎呀——話說友崎會邀我還真稀奇？」

就像在調侃我一樣，深實實臉上帶著微笑。

「這、這個嘛……的確是。」

若是沒有課題，我可是沒勇氣做這種事情。

雖然是在放學路上，但像這樣男女一起順道去別的地方又該如何解釋。總覺得會讓人格外在意，但一般來說是不是不用介意啊。就連深實實都沒什麼考慮就乾脆地跟來了，搞不好不用那麼在意也沒關係。我搞不懂。

「話說這搞不好是第一次？放學後邀請人去吃飯。」

「……是喔！」

緊接著稍微遲了一會兒，深實實才做出回應。嗯？我剛才說了什麼奇怪的話嗎？

深實實將裡面已經沒水的杯子放斜，將冰塊敲出聲響，同時再度開口。

「那……你為什麼會突然邀我？」

「咦？這個……」

深實實問那句話的時候好像一直在觀察我，我開始思考。問我為什麼要邀請她是吧。如果老實回答就會變成「因為我想要用智慧手機拍下深實實在吃拉麵的照片。這都是為了上傳到我的 Instagram。」但說了那種話未免太讓人噁心，可能會被趕出日本這個國家，所以我是不可能說出口的。

於是不擅長臨時捏造謊言的我就只能打模糊仗。

「其實就是那個……因為拉麵——」

當我小聲說到一半，深實實就笑了出來。

「你就這麼想吃拉麵啊!?」

只是稍微說了幾個字，超現充特殊能力「對話自動補完」就會替我製造不在場證明。很好，深實實，就這樣解釋吧。

我順勢而為。

「……對對，因為我太想吃拉麵。」

「那怎麼辦？吃兩碗好了？」

「不，沒辦法吃那麼多啦！」

這段無聊的對話讓深實實哈哈笑。嗯，深實實果然是那種類型的吧。看到我很開心，她也會明顯表現出自己很開心的樣子，所以跟她聊天會很放心。

接下來得來處理課題。既然深實實點了餃子定食，那若是很正常地用餐下去，課題是不可能完成的。

接下來該怎麼辦……我發現就只剩下一種手段了。

我們兩人開心閒聊一陣子之後，彼此點的東西幾乎在同一時間送過來。

要說我還剩下什麼手段。那就是——

「深實實，這個好好吃！」

我們兩人說完「開動了——」並開始用餐，首先我要像這樣彰顯出拉麵的美味。

「咦，真的嗎⁉」

然後等深實實上鉤之後，我再補上這一句。

「真的真的！那——妳要不要吃一口？」

這是簡單明瞭的作戰計畫。就是讓她吃我的拉麵一口，然後用照相機拍下那個瞬間。但說真的，這就很像間接接吻之類的，這點對弱角來說負擔有點太重了，但之前日南罵我說會在意這種事情的只有中學生，所以我想應該沒問題。雖然我有點心慌意亂，但我挺住了。

「……那個，咦，要我吃一口？」

於是我盡量用沒什麼大不了的語氣提議，對此，深實實的回應又遲了一秒。

不知為何她用困惑的目光看我。咦？這種氣氛是怎麼一回事。

「嗯、嗯，就吃一口。」

我也用同樣的話回她，結果深實實小聲地「嗯——？」了一聲。

「咦？」

「是我太在意了？」

「什、什麼事？」

「……不——沒什麼！那我要吃囉～！」

她說完就雙手並用抓著我的碗拉到她那邊，開始大口吃起來。咦，怎麼突然就加速了。糟糕糟糕，趕快拍起來！

為了以防萬一有先把智慧手機放在桌子上，我趕緊拿起手機迅速開啟相機，將深實實拍下來。

但好像是因為太緊張的關係，害我一直按住拍照按鈕，結果就喀嚓喀嚓喀嚓！變成連拍了。

「咦!?怎麼了!?我被拍一堆照片!?」

「弄、弄、弄錯了！」

「什麼跟什麼弄錯了!?」

「不、不是，那個！」

如此這般，場面一片混亂，但還是設法將今天的課題達成。接下來就要看我能對深實實說出多麼高明的藉口，要開始面對實踐技巧超受考驗的重大危機。

「是、是因為妳好像能夠吃很多！」

「所以才拍照!?」

「沒、沒錯，要留下證據！」

「是說你到底有多想吃拉麵啊!?」

「因、因為我在成長期！」

不否認我變得越來越像特別重吃的大胃王，但我覺得應該能夠勉強用這番說辭帶過。是說突然去拍人家吃拉麵的樣子，這件事情本身就很不妙，所以我早就準備某種程度的藉口了。接下來不管是說一堆還是只說一句，那些藉口都沒有太大的差異。反正情況都會變得很糟糕，因此用哪種藉口都不要緊了。是不是很強。

「呼——真是的……」

接著深實實就露出傻眼的笑容，將拉麵碗還給我。

「還你。」

「謝、謝謝。」

在那之後，我看著被還回來的拉麵，老實說我還是很在意。若是吃了果然就會變成間接接吻吧。

但我之前都裝出毫不在意的樣子了，所以我就裝作若無其事吃起被還回來的拉麵。不知道為什麼，深實實用感到無趣的眼神看著我。

「嗯——總覺得還是不能釋懷呢……」

「什、什麼事？」

緊接著深實實嘟起嘴脣，然後馬上將目光放到自己的餃子上，露出別有用心的笑容。

「我說！友崎。」

「嗯？」

我朝深實實那邊看去，結果眼前出現一些餃子。

「我的也給你吃一口吧？」

「咦……」

深實實邊說邊讓夾在筷子裡的餃子靠近我嘴邊。

不、不不不不！

「咦——怎麼了要幹麼？」

深實實說這話的時候擺明就像是在裝傻。怎麼了。這個人想做什麼。這就是那個吧，已經不是什麼間接接吻了，而是傳說中大大超越間接接吻的「來我餵你」……

這下我六神無主又狼狽，深實實只說了一聲「嗯」，更進一步將那個餃子塞過來。一直用帶著謎樣覺悟的強烈眼神盯著我看。這份意志力是怎樣。這是在跟什麼作戰？是為了什麼才給人那種壓迫感。

但我眼下又想不出能夠拒絕的合適理由，因此除了壓抑跳得飛快的心跳，我一口吃下那個餃子。我努力保持鎮定，但可以肯定的是根本把持不住。

深實實一直望著我。我也不曉得這種舉動代表什麼，只是下意識回望深實實。怎麼了，這種感覺可是今天第二次。

我們兩人之間出現非常奇妙的停頓。

過了幾秒之後，深實實先我一步別開目光，看似不滿地生著悶氣。為什麼啊。之後她的眼神飄來飄去，眼睛眨了好幾下，再一次狠狠地瞪著我。這到底是為什麼。

「總覺得很奇怪！」

她說完就拿擦手巾丟我的身體。

「……咦，怎麼了？怎麼了!?」

深實實的行動讓人摸不著頭緒，我正感到困惑，深實實就說了一句「沒什麼！」然後開始狼吞虎嚥吃起餃子。咦，這樣我更糊塗了。為什麼突然開始狂吃。話說照那個速度吃下去，若我不加快自己的動作，等她吃完還要讓她等我不是嗎？這樣以弱角的身分來說未免太失禮。

於是我也跟著飛快地吃起拉麵。

結果——

「……為什麼連友崎都跟著加速？」

「咦？……原因是因為——沒什麼。」

「……嗯？」

我不知道該怎麼回答才好，結果深實實看似愉悅地「哼」了一聲。

接著她臉上浮現看起來好像很安心的溫和笑容。

「——友崎果然很奇怪。」

不知為何，她滿足地說了這句話。

「……啊？」

不，要說奇怪，不管怎麼看都是這幾分鐘內的深實實比較奇怪吧！還真是讓人摸不著頭緒！

＊　＊　＊

「那明天見！」

「好，再見。」

後來我就跟深實實在平常那個轉角道別，我一個人踏上回家的路。今天還真是波瀾萬丈……

回家進入自己的房間後，我打開手機，確認跟日南的 LINE 交談畫面。

今天總算拍到深實實在吃拉麵的樣子，剩下的課題變成五個。為了完成那些課題，接下來要找誰做什麼才好。為了讓我邀請他們去某個地方，讓對方做出某種行為，我又該找什麼樣的藉口。我開始拿出我這個人生弱角的能耐擬定作戰計畫。對。只要擬定作戰計畫，就算是弱角也能辦到。之前那些課題教會我這點，讓我體認了無數次。

若是以前的我，根本無法配合對方拿出話題，但是透過事前仔細思考，真的要用就能派上用場。

而且我每天都有在事前背誦話題，那樣可以鍛鍊想話題的能力，如今已經能夠在某種程度上隨興製造話題。

那麼關於邀請對方去某個地方，還有邀請之後要引導對方做出自己需要的行為，目前的我根本無法辦到這些。但只要持續在事前擬定作戰計畫並執行，總有一天肯定能夠自然而然地隨機應變。

在訓練模式中練習的動作會在正式遊玩的時候運用，這也是玩遊戲的基本要件。我在 LINE 畫面和自己的筆記之間來回張望，思考作戰大綱。

啊，我想到了。

既然都已經連上聊天室了，現在就可以把今天拍好的照片傳送過去，也許能夠讓明天早上的會議進行得更加順利。

於是我就從今天吃拉麵的深實實連拍照中挑出一張，傳送給日南。緊接著馬上看到對方已讀。這樣聯絡果然很快。

一分鐘之後，日南傳來這樣的訊息。

『你就只會拍糊掉的照片嗎？』

被她這麼一說我才注意到。話說我緊張到連拍，後來變得更緊張，所以手就一直動來動去。重新看了那些照片才發現資料夾裡面放了十幾張不亞於昨日課題照的模糊照片。

那個——日南同學，就算稍微跳脫現充範疇，這次的課題對我來說似乎還是難度偏高。拍照真的好困難。

3 妖精居住的森林大多都會掉落重要道具

時間來到隔天。今天是星期四。

由於提前傳送照片的關係，早上的會議順利結束，大致確認過跟深實實的對話後，日南要我今天也完成兩個課題，接著我們就解散。另外她還別有含意地說「這樣做就對了」，但我不懂這句話是什麼意思。

換教室之前有段休息時間。

我又來到圖書室前方，整個人非常緊張。

因為之前菊池同學對我說過這樣的話。

『假如方便的話，有樣東西想請你看看……』

『我寫了……新的小說。想把那個……』

照那些話看來，我想菊池同學應該會在今天把原稿拿給我。雖然讓人特別緊張，但菊池同學可是要把自己寫的作品拿給別人看，她應該比我更緊張好幾百倍吧，我應該要盡量表現得落落大方才對。而這種類似使命感的東西讓我更加緊張。

打開圖書室的門後，先到的菊池同學就像發現地面上有埋藏骨頭的小型犬一樣，嚇了一跳並微微地瑟縮一下。她顯然很緊張。

而我也發現自己的走路方式有些不自然，同時坐到菊池同學隔壁。

「妳、妳好。」

「嗯、嗯嗯，你好。」

我們彼此的招呼聲也比平常慌亂一些。

我偷偷看過去，發現菊池同學雙手抱著印有聖印的古文書，不對，那些應該是菊池同學寫的原稿。

雖然我看到了，但還是等菊池同學主動提出。嗯，這種時候絕對不能操之過急。

「若、若是不嫌棄的話──！」

菊池同學的音量突然開到最大，突然雙手並用將原稿塞給我。然後被自己發出的聲音嚇到，接著就頓時沒了氣勢，雙脣開始發抖。

「若是方便的話，這、這個……」

當我接過原稿，菊池同學就瞬間放開。然後迅速將手收回，在裙子上微微地讓手指交握。瞬間一股異樣的沉默籠罩。

「……我、我知道了。那我看完再說感想。」

「好、好的……」

菊池同學說這句話的聲音小到快聽不見，她很少如此慌亂，隨意灑落的瀏海落在眼前些許。看似不安的雙眼從縫隙之間仰望我，那對眼眸有些溼潤，彷彿一摸就會崩塌的砂質城堡，看起來很脆弱。這下糟了，莫名讓人興起保護慾。

但我卻找不到合適的話語對陷入這種狀態的菊池同學說，讓我陷入迷惘。

「這、這……這。」

「……咦？」

菊池同學上氣不接下氣，好像想說些什麼，但在開頭第一個字就卡了好幾次。

「這是第一次！」

接著她又一口氣把音量開到最大。菊池同學，妳現在的音量不是零就是百分之百啊。她又被自己的聲音嚇到。

「這、這是我第一次拿給別人看，希望你、能夠手下留情……」

「嗯、嗯嗯，好的。」

我盡量不要對這種音量和菊池同學緊張的模樣做出奇怪反應，同時慢慢點點頭。

在這之後，平常這個時間同學都還會待在圖書室裡，不料她卻應聲迅速站起。

「那、那我先走了……！」

「呃、嗯，再見。」

我目送她離去，一面回她「再見」。菊池同學從圖書室逃之夭夭，而我什麼都不能做，只能傻傻地目送。

我心中湧現一股莫名的騷動。

一方面是因為菊池同學太像小動物了，讓我為之著迷，但更多的是——

我更在意這份原稿的內容。

＊　＊　＊

這天第六節課過後。

平常課就上到這邊結束，但今天會當成第七節課，班上要針對文化祭開會，我們現在就開到一半。看樣子從今天開始，每天放學後大概都會這樣，要準備針對文化祭開會討論。嗯，這下文化祭要來真的了。

八位執行委員站在黑板前方。

「那我們要先來決定將在舞臺上表演什麼。」

由於泉當上統籌的執行委員長，因此今天不是深實實主持，而是換成她。雖然她看起來有點不習慣，但在某種程度上已經算是有模有樣了，讓人覺得不愧是溝通高手。

接下來要針對「總之先報名再說」而內容還沒定案卻先決定要參加的體育館舞臺活動表決活動內容。該表演什麼才好。雖然需要積極提議，但我們又沒什麼特別想做的。

泉將雙手放在講臺上，身體向前方探出，跟班上同學徵詢意見。

「有人想到要表演什麼嗎——？」

「有——！想要表演搞笑短劇——！」

舉手的人並不是在座班上同學，而是身為執行委員來到前方的深實實。真是的，深實實還真不知道客氣為何物。

「搞笑短、短劇嗎？我們有辦法演嗎？」

這句話泉是用害怕的語氣說的。

「沒問題——！包在我身上！」

「嗯、嗯——……」

「放馬過來！」

她說得好有自信，但這樣反而更讓人害怕。班上同學也都在偷笑。話說深實實真的很喜歡搞笑耶。

其中一位女執行委員發出輕笑聲，在黑板上寫下「搞笑短劇」。

「那個——首先就是搞笑短劇，還有其他的嗎？」

被泉這麼一問，大家三三兩兩舉手，說他們想演戲，或是辦時裝秀、唱卡拉ＯＫ等等。卡拉ＯＫ是什麼鬼。

嗯，但可以的話希望盡量選搞笑短劇以外的。因為若是要表演搞笑短劇，深實實很有可能會說「我覺得軍師他很適合吐槽！」。而日南已經叮嚀我要積極參與了，所以我沒辦法拒絕。

「還有其他的嗎——？」

即便泉問了，也沒有人提議其他的。也對，這比全班一起開店更難想吧。

「……那我們就來表決囉——」

事情就是這樣，我們要在搞笑短劇、戲劇、時裝秀和卡拉ＯＫ之中各自投下一票。

「首先是……」

就這樣，當我們數完舉手數量後，演戲和卡拉ＯＫ都名列前茅，各自得到十一票和十票，我們會再針對得最多票的這兩樣詳細討論，然後舉辦最後的投票表決。對了，搞笑短劇得到四票是最後一名。深實實別介意。

嗯，但卡拉ＯＫ是怎樣。感覺有些人只是跟著大家舉手，沒問題嗎？一方面是因為還有課題在身，所以針對這點我有話要說。都還沒累積在大家面前說話的經驗值，我要盡量將心中的想法說出口。

我先是讓自己打起精神，接著就用自然的語氣稍微提高音量說話。

「那個——所謂的卡拉ＯＫ，是要放音樂在舞臺上唱歌嗎？」

「應該是吧？」

雖然泉跳出來回應，但我還是覺得這答案抓不到重點。

「那麼……誰要唱？」

「啊，對喔！」

「喂。」

原來都沒想過嗎？這聲吐槽讓水澤和深實實發出竊笑聲。但班上同學都沒什麼笑聲。場面好冷。

「那先來問問看！有誰想唱！」

「我來唱吧～～！」

就只有人在前方的竹井舉手。我早就猜到了。

「還有其他人嗎——？」

泉徵詢大家的意願，但都沒有其他人舉手。不知為何竹井一臉開心。不，又還沒完全定案。

此時泉焦急地仰望水澤。

「那、那阿弘呢⁉你不是很會唱歌嗎！」

「不——我就算了。」

「這、這樣啊。」

一下子就交涉破裂，這讓泉很洩氣。嗯，這樣下去果然——

我再次轉向泉。一面注意大家的目光，同時盡量用沉著的語氣說話。

「……也就是說，卡拉ＯＫ會變成竹井的個人演唱會？」

「好、好像是喔⁉」

泉慌慌張張地說了這句，然後面向大家。大家也一副「這下完蛋了」的表情，臉上帶著苦笑。

「那、那就為了這個，我們再一次表決——」

後來我們再次進行表決，結果卡拉ＯＫ獲得三票，其他人全都投演戲。不，這結果是不錯，但除了竹井，其他投卡拉ＯＫ的那兩人在想什麼。那兩個舉手的人都跟竹井關係不錯，來自愛運動的團體，是覺得有趣才想讓竹井唱歌之類的？好吧這部分確實很有看頭，但拜託別這樣。

「那我們就決定來演戲了！」

「咦——！真的假的～～！可惡～～！」

只見竹井誇張地抱住頭，班上同學看了全都在笑。雖然沒辦法唱卡拉ＯＫ，但自從我們開始為文化祭做準備之後，竹井就帶給大家超多的歡樂。

這個時候水澤很機靈，他馬上插嘴。

「呃——不過要演戲，我們該演什麼才好？」

泉也跟著「嗯——」地煩惱起來。

「羅、羅密歐與茱麗葉……？」

「哈哈哈，又是這種老梗。」

水澤發出爽朗的笑聲。但這麼說也對。若說要演戲，範圍也太廣了。是要演現代劇還是古典劇，或是原創劇？

感覺是用消去法剔除掉竹井個人演唱會才選出來的，但仔細想想難度實在太高。感覺大家好像有點害怕了，但都已經決定了，大家似乎也不知道該怎麼辦才好。

「其、其實演老劇碼也不錯啊？」

就連深實實都這麼說。

「好吧——說得也是。」

情況大概就是這樣，大家開始偏向採用陳腔濫調的劇本……就在這個時候。

我感覺到強烈的目光。

果不其然，就是那個實行鐵血教育的老師在看我。嗯，那個——也是啦。她是要我在這個時候積極表達意見吧。是說她還用會讓人不禁注意到的目光打暗號，這個人到底是何方神聖。知道啦知道啦，我會加油試試看。

不過，要在這個時候讓大家接納自己的意見，究竟該怎麼做才好。大家都說想要演老劇碼。那我就只能主張其他的看法……啊啊，真是的，那就只能堂堂正正提出相反意見了吧。反正已經開始習慣在人們面前說話，船到橋頭自然直啦！

「——別、別這樣，既然都要演了，大家難道不想演原創劇本嗎⁉」

班上所有人頓時間陷入沉默。

緊接著。

「小臂好樣的～！」

竹井的大嗓門救了我。唔，是我失策。沒想到居然有被竹井拯救的一天。

「原來友崎有那麼大的野心!?」

深實實也驚訝地說了這麼一句話。啊，大家的目光好像都往這邊集中過來了。既然都下海了只好走到最後。

「對！算是吧！」

我將背挺得直挺挺，替自己增加自信，用堅定直爽的聲音表態。

「好吧，既然你都這麼說了，那用原創的也行……其實演什麼都好啦。」

水澤邊說邊呵呵笑。竟然說什麼都好，這個人還真敢把真心話說出來。

呃——話說回來。

「那詳細事項就交給友崎去辦，用原創的也行吧？」

就連中村都這麼說。交給友崎去辦是怎樣？雖然這有點超出我的計畫，但你們該不會是想把麻煩的工作不著痕跡推給別人吧。

「那就讓友崎當導演，我們來演個原創劇本吧！」

此時深實實開玩笑說了這句話。當、當什麼導演？先等一下，這下事情變得比想像中更嚴重了。

「那——要怎麼辦呢？若是有其他提議也可以納入，再加上演原創劇本，要不要用這些來表決？」

泉開始對全班同學喊話。

「但大家都沒有特別想演的劇碼不是嗎？那用原創的也行吧？」

水澤邊呵呵笑邊推波助瀾。感覺他刻意在幫腔，很想讓大家採納原創劇本，但他在想什麼啊。不會是想讓我當導演吧。他會這樣應該是覺得進行起來很有趣，但拜託別幹這種事好嗎？

接著泉頗感認同地點頭，又對大家發話。

「若是沒有其他提議，那我們就用原創囉！大家覺得呢——？」

後來也沒有其他提議出現，這下子就連表決都免了，就決定要演出「原創劇本」。這、這下事情會如何發展？雖然從課題的角度來說是不錯的結果，但真希望不會扯上當導演這檔事。

＊　＊　＊

那天放學後。今天是一大群人一起回家。

「又是我輸了——!?」

「竹井辛苦了——！」

深實實在調侃猜拳猜輸的竹井。

目前我們這幫人共包含日南、深實實、小玉玉、中村、水澤、竹井，在玩「搬行李」。猜拳輸掉的人要將其他所有人的書包拿到下一個電線杆那邊，或是轉角等等，都是一些能夠當標記物的地方，這個遊戲在小學的時候也流行過。真讓人懷念。不瞞各位，如今竹井已經連續輸掉四次了。

「為什麼又是我～～～！」

竹井大動作抱住頭咆哮。

都是竹井輸掉的理由很簡單，那就是竹井在玩最後定生死的猜拳遊戲時，都只會出石頭。大家一起猜拳時明明情況都很正常，然而只剩下幾個人決戰，他突然就變成只出石頭。

一開始有其他人輸，是他們來搬書包，但玩了好幾次之後，大家都發現這點，最後才會導致竹井連續輸四場。算他自作自受。

「那就搬到那個轉角吧。」

「可惡～！」

中村這話充滿濃濃的挖苦意味，竹井懊惱地出聲。但即便如此，竹井看起來還是有些樂在其中，這也是他的特色吧。

「唔喔喔喔喔！」

接著竹井就把所有人的書包都扛到身上，跑到大家前方。這馬力真是見鬼了。

「好了再跑快點～」

手裡沒有任何東西的中村邊說邊跑出去，在竹井身旁輕快地跑著。深實實看了兩眼發光。

「哦哦——!?是要賽跑嗎!?」

「我先走了～」

深實實才要跑出去的前一刻，水澤就先帶著酷酷的笑容跑掉。

「啊——！你偷跑！」

「我也先走一步！」

「連葵都偷跑——!?」

即便像這樣被水澤和日南超前，深實實還是跟著跑了起來。將長長的直線道路縱向大肆運用，大家熱熱鬧鬧地打鬧起來。

「大家都好有活力喔～」

有人在我旁邊面帶微笑說了這麼一句話，那個人就是小玉玉。嗯，這應該是個好機會吧。看看剩下的拍照任務，能夠在這次放學路上達成的就只有「拍下奇怪表情的夏林花火」，在這裡跟小玉玉兩人獨處就成了一大重點。

「就是說啊。小玉玉妳不一起去嗎？」

當我問完，小玉玉露出非常溫和的笑容，看著大家。那並非不久之前總是有點緊繃的她，而是流露出很自然悠閒又放鬆的表情。

只見小玉玉緩緩地點頭。

「嗯。」

緊接著她用讓人感到溫馨的語氣說著。

「——用不著在這種地方勉強自己，我也能待在大家身邊了。」

「……這樣啊。」

小玉玉用堅定的眼神看我。

「謝謝你！真的！」

「不不，到頭來最厲害的人其實就是小玉玉妳自己。」

這是我的真心話，結果小玉玉回我這麼一句話，看起來有點不服氣。

「沒那回事！若是沒有你教我這麼多，我想我什麼都辦不到。」

「是這樣嗎……」

當我沒什麼把握地說完，小玉玉就像平常那樣用力指著我。

「好了，你就乖乖接受我的謝意吧！」

從容不迫地張開翅膀，小玉玉將自己的真心話原封不動說出。

這副姿態又讓我覺得很耀眼，同時我慢慢地點頭。

「我知道了。不客氣。」

「很好！」

緊接著小玉玉就開心地笑了一下。那笑臉果然就像太陽一樣，照耀著我。

是說接下來要來看看課題。該如何從這種場面引導，讓她露出奇怪的表情？此時我心中浮現一個點子。

無論何時，我跟小玉玉的溝通方式就只有一種。

因此我就跟小玉玉筆直對望。

「對了。」

「嗯？什麼事？」

在那之後我拿出智慧手機。

「最近我開始玩 Instagram，想要上傳小玉玉露出奇怪表情的照片，可以讓我拍嗎？」

「什麼跟什麼!?」

嗯，對象如果是小玉玉，這樣對應果然是最妥當的。課題是要拍下奇怪的表情，那我就試著直接拜託她本人，請她讓我拍照。嗯，這樣最踏實。

「我是覺得小玉玉擺那樣的表情很新鮮。」

「但這要求好突然喔？」

「的確，好像有點突然。」

我說完就一直看著小玉玉。像這樣不用找藉口對話真的很愉快。

接下來小玉玉先是煩惱了一下子，最後總算開口。

「嗯——……好是好。」

因為我用太直接的方式拜託，因此她看起來很困惑，但可能是找不到拒絕理由的關係，對方就答應了。小玉玉有時也會出現在日南的 Instagram 裡頭，或許對於被人上傳照片不怎麼抗拒。

話說日南打的如意算盤，應該是想要測試我的技術，讓我用花言巧語誘導小玉玉露出奇怪的表情，但我跟小玉玉的關係就是這個樣子。如何，她肯定沒想到我會直接拜託吧。

「啊，那可以稍微借點時間嗎？」

接著我就暫時停下腳步，展開謎樣的攝影大會。

「像這樣如何？」

小玉玉充分活用她與生俱來的潛力，擺出又可愛又有趣的古怪表情。

「哈哈哈，非常好。」

我馬上將那張臉拍下來。這是非常搶眼的表情，感覺光是那宛如太陽的笑容就會引發超新星大爆炸。她的表情果然很活靈活現。

「可以把這個上傳嗎？」

「嗯，可以呀。」

對方二話不說就答應了。嗯，果然直接拜託是最快的。

「啊，那友崎你也來做做看！」

緊接著小玉玉就拿出自己的智慧手機開好相機功能。咦，怎麼我也要？我從來沒擺過奇怪的表情。

但是都叫別人做了，自己卻拒絕未免太說不過去，這下不得不做了……

「我、我知道了。」

於是我就用自己的方式擺出奇怪表情，被對方拍下。

「……嗯──」

看著智慧手機畫面的小玉玉發出微妙聲響。

「怎、怎麼了？」

「一點都不有趣……」

她邊說邊讓我看螢幕畫面，裡頭拍下還有點放不開的奇怪表情，跟小玉玉的怪表情相比會發現那顯然還不夠純熟。

「真、真的，這個不夠有趣。」

「跟你說。若是這邊再多用一點力……」

「原、原來如此……」

後來小玉玉開始替我上起如何擺奇怪表情的課。嗯，別說是徒弟超越師父了，甚至連立場都逆轉。今後也請多多指教，師父。

＊　＊　＊

那天夜裡。

我坐在自己房間的桌子前度過幾小時。

「這……」

手裡拿著來自菊池同學、有一公分厚的原稿。

大概一小時之前開始看的，現在只剩下幾面。

「……喔喔。」

我在看那份小說的時候都是非常入迷的。

說真的我很少看這類小說，所以對技術性問題不太清楚。

雖然喜歡玩電玩，但並沒有看很多動畫或是電影之類的故事題材，跟其他的作品比起來如何，這部分我無法做出判斷。

但有句話我可以斷言。

——菊池同學創作出來的故事都很溫馨。

她給我的原稿，裡頭是五個短篇故事，彼此之間的世界觀都有一些關聯。

有個故事是為了弄到用寶石做成的眼淚，人類凌虐人魚。

還有洞窟被一個大石頭塞住，男人和獸人隔著那個石頭談話，加深彼此的感情。

還有為倒映在湖面上的月亮之美陶醉，對人類懷抱憧憬的狼人。

以及在服侍貴族的機器人，他愛上用馬口鐵做成的玩具。

每個故事的世界觀都充滿幻想，雖然某些部分有點現實、有點嚴肅，但最後都用溫暖人心的方式畫下句點。

可以感覺到這反映出仔細觀察世界、用天使視角包容這一切的菊池同學個人性格，讓人感覺非常舒服。

而我現在在看的是這個，出自她給的原稿，是最後一個故事。

「我所不知道的飛翔方式」。

這個故事講述在遠離塵囂的王宮庭園中，一個照顧飛龍的女孩子。

——故事大綱如下。

那個世界有龍和人類共生。

民間會培育能夠在地上跑的地龍，用來搬運物資或是載運人類。繁殖能力強又是雜食性，許多行業都會活用這些龍。

會蛻皮好幾次，長到變成跟房屋一樣大的巨龍，蛻下來的皮可以當成素材，拿來製作衣服或小東西等等。是很堅固的材料，在很多地方都獲得重用，深入人們的生活。除此之外力量也很大，有一定程度的智慧，只要巧妙指導，這些龍就能做出可重複再現動作，因此在需要龐大力量的工程等領域之中也被人拿來運用。

就像這樣，在那個世界裡，龍的存在已經根深柢固成為生活一部分。

在那邊特別受到重視的是這個，能夠在空中飛翔的飛龍。

跟其他種類的龍不一樣，繁殖能力很弱。只喜歡清澈的水，只愛吃用那些水種植出來的樹木果實，喜怒無常又跟人類不親近。抗壓性也很差，不好培育。

但那種龍有純白美麗的身軀，還有能在空中飛、被太陽照射就會發出七彩光芒的夢幻翅膀。更重要的是這個世界沒有飛機也沒有熱氣球，能夠載著人類在空中飛翔——這種龍的特性彷彿能夠體現那種人類夢想，特別受到王公貴族的重視。

飛龍非常的神經質，若是養育方式弄錯就會很快死去。不僅如此，就算順利成龍，也沒辦法好好地運用翅膀，不能在空中飛，這種事情時有所聞。

而要孕育這種飛龍最重要的就是——

——據說是「不能將世俗的汙穢帶過去」。

故事的主要登場人物有三個。

一個是鎖匠的兒子，會定期跟父母一起造訪王城，是好奇心旺盛的平民少年利普拉。

還有擁有王族直系血統，身為下一任女王候選人，好勝又聰明的少女艾爾希雅。

以及從小就禁止跟王族直系以外的人接觸，負責照顧飛龍，跟飛龍一起被隔離在廣闊庭園、在那兒長大的孤兒少女克莉絲。

故事從一個小嬰兒被丟棄在王城前方，城裡的士兵發現小嬰兒開始。

「自己無法養育，希望能夠進入王城被人收養，起碼能夠過好一點的生活。」——可能是出自這份父母心吧，像這樣被人丟掉的孩子並不少見，士兵打算像平常那樣「處分」這個孩子，就去跟大臣稟報。

但那個大臣正好在尋找沒有被「世俗汙穢」汙染，而且「就算讓他與世隔絕也不會遭撻伐」的人，便相中這個孩子。

打算拿孩子來照顧飛龍。

奴隸早就已經被世俗的汙穢玷汙。然而若是把這個任務交給某個王族成員，為了不讓他沾染上汙穢，就必須讓他跟世俗隔離。

雖然是王族，但成長到某個年紀還是常常會離開城堡到外面看看，就不知能容許他們沾染汙穢到什麼程度。雖然有王族血統的人會被認定為無垢者，但又能夠容許那個人跟世俗關聯到何種程度？這標準很模糊。

最理想的方式就是拿王族生下的孩子，一生下來就把他隔離，但那個孩子的父母當然不可能允許這種事情發生。

而在這點上，被丟在城堡前面的小嬰兒才剛出生，並未沾染汙穢，也不知道他的父母是誰，所以不會有人來抱怨。簡直就是照顧飛龍的最佳人選。

十五年過後。

王都城鎮中的鎖匠之子利普拉跟父母一起前往皇宮。皇宮這邊是父母生意上的客人，利普拉未來將會繼承家業，每次父母要去做生意的時候，他就會跟父母親一起前往皇宮，來學習工作上的相關技巧。

除了在皇宮之中學習當鎖匠的技術，利普拉還開始跟年紀相仿的女王候選人——少女艾爾希雅攀談。兩人是所謂的青梅竹馬。

當時利普拉和艾爾希雅都是十五歲，這年紀的小孩好奇心旺盛又活潑。有幾個區塊都是在皇宮之中被嚴令「禁止進入」的。

兩人不免會對這些地方產生好奇心。

事實上，那兩人期待禁止進入的區域會保管過去的舊物，例如拷問刑具，或是封印著能夠毀滅世界的禁忌魔法書——然而事實不然，單純只是因為年久失修，若是讓客人看到有辱皇宮威嚴，所以那些空間才被隱藏起來，但這兩人當然對此一無所知。

最後兩人就趁利普拉雙親和負責監視工作情況的幾位大臣不注意，透過利普拉的開鎖技術，偷偷在這些本該上鎖的古老空間之中四處探險。

比起兩人所期待的，眼前看到的景象更是不起眼許多，然而探險讓他們很興奮，兩人在城堡中到處走走看看。

探險到最後——

兩人打開被下令絕對不能打開的大門，那裡通往庭園。

在那裡遇到有大翅膀的白龍，還有肌膚跟龍一樣白，甚至是更加白皙、對這個世界一無所知的孤兒少女——

「……哦。」

就跟其他的短篇故事一樣，這故事隨處都能感受到菊池同學特有的風格，我看到都忘了時間。

每個角色在活動的時候都很開心，我光是看都跟著開心起來。雖然不曉得是哪邊不一樣，但跟之前看過的四個短篇相比，總覺得腦中特別能夠代入角色情感。

翻閱原稿的手停不下來。

接下來故事發展就有點嚴肅了。

那兩人碰到克莉絲的事情穿幫，被抓起來，就只有非王族成員利普拉被關進地牢。

負責照顧飛龍的克莉絲必須避免碰觸「汙穢」。對於克莉絲來說，碰到非王族直系的利普拉被判定為「受到玷汙」。至於該如何處罰，又該如何除去「汙穢」，這些都要等待審判結果出爐。

而國王也就是艾爾希雅的父親得出結論，「為了去除汙穢，必須讓利普拉去神殿當祭品」。

這只是為了讓外在觀感良好而說的冠冕堂皇的政治用語，講白了就是處刑。

養育飛龍可是動用國力的一大計畫。整頓庭園環境自然不在話下，就連要弄到飛龍的孩子都得花一大筆錢。為了避免到頭來一場空，必須盡量降低風險，但凡發現有可能用某種方式去除「汙穢」，都應該執行。

因此才要處刑，這是國王做出的判斷。

然而就在這個時候，他的女兒艾爾希雅緩緩地道出這句話。

「──父親大人，莫非您不記得了？」

「……何事？」

國王的眉毛動了一下。

「父親大人在王都城鎮中有好幾個私生子吧？」

「艾爾希雅……妳這是在說什麼──」

「失禮了，那這件事情就別對人民提起，但有一個條件……希望您可以採納。我是知道的，其實利普拉也是其中一個私生子，換句話說，就是王族直系子孫。因此對飛龍而言並不是『汙穢』──」

艾爾希雅用這話要脅，據她所說，兩人就從青梅竹馬變成表面上的「姊弟」。因為跟艾爾希雅變成姊弟，因此利普拉對克莉絲來說就不算汙穢，也得以免受處決。

不僅利用不想被人民知曉的事實當作把柄說服父親，甚至還撒謊說「利普拉是王族直系子孫」，一想到菊池同學會想出像艾爾希雅這樣的角色特性，我就覺得意外。菊池同學果然凡事都不會看表面，會看得更深遠。

後來利普拉就被帶進王城，負責照顧克莉絲。換個說辭就是為了避開處刑讓他當上王族，所以派了原本就不需要人做的雜事給他。

先前克莉絲都對外界一無所知，因為開始和利普拉以及艾爾希雅接觸，故事出現巨大的起伏，同時也不斷上演安穩的時光片段，故事逐漸邁向終點。裡頭有那三個人淡淡的戀愛要素，一想到這是菊池同學寫的，就莫名給人一種新鮮感。

除了把這份原稿當成故事看待，在看的過程中也有種感覺，彷彿像在窺探菊池同學的內心世界，而我也迎來原稿最後一頁。

然而這份原稿卻用虎頭蛇尾的方式結束。

「……奇怪？」

「到這邊結束……應該不是這樣吧。」

出現那片空白，顯然是故事才進行到一半。這種結束方式並不是別具深意，而是有好幾個伏筆都還沒收線。

這麼說來應該是——失誤？

我原本想透過 LINE 問問看，但時間已經來到十二點了，所以我就不傳訊息了。因為菊池同學好像都會早睡早起。

「……嗯——」

現在心情感覺有點像消化不良，我將那份原稿收進書包，刷完牙上床睡覺。

故事圍繞著克莉絲、利普拉和艾爾希雅的關係發展，究竟會引來怎樣的結局。

菊池同學又想讓那個故事如何結束？

這天在進入夢鄉之前，我在床上翻來覆去地想著這件事情。

＊＊＊

隔天。在早晨的會議上，關於拍下小玉玉奇怪表情的攝影任務，日南說我合格了，話裡還參雜些許諷刺：「這樣就算通過了吧。終於看到沒有拍糊的照片了。」同時時間來到午休。

「……菊池同學。」

「咦……是、是的。」

我難得在這個時間點找菊池同學說話。菊池同學就坐在我斜後方的位子上，當第四節課結束，為了做好心理準備，我先深呼吸十次，然後馬上就去跟她攀談。雖然深呼吸十次之後才講話這件事用「馬上就過去」來形容有點怪，但總之我已盡力。

「那個──方便借點時間嗎？」

「咦，嗯、嗯。」

午休時間找她說話還是第一次，八成是因為這樣吧。菊池同學有點困惑。

但今天我不只想在休息時間跟她簡短交談，而是想花一段長長的時間好好談談。她給我原稿，上面寫著一些短篇故事。每個故事都很有趣，因此我想要盡可能認真說出感想。

「是這樣的……」我用其他人聽不見的小音量開口說話。「小說我看了。」

這話讓菊池同學「咦！」了一聲，眼睛飄來飄去，最後才仰視我。

「已、已經，全部看完……？」

「呃──嗯，全都看完了。」

嗯，仔細想想，這樣是不是看太快了。昨天才給，隔天卻全部看完，大概會覺得這傢伙搞什麼鬼，未免也太狂熱，感覺好噁心。若是用日南的話講，可能就是所謂的做事不夠從容。

「謝、謝謝……」

然而菊池同學卻害羞地紅著臉對我道謝。太好了我放心了，還好菊池同學連心地都像天使。

「所以──我想……跟妳分享一下感想……」

「好、好的……我想聽。」

我們兩個講完都不敢看對方。這是怎樣。

菊池同學就好像從巢穴中稍微探出頭的松鼠一樣，朝四周東張西望，先是在瞬間屏住呼吸，之後雙脣就微微開啟。接著──

「那午餐……要、要不要一起吃？」

她斷斷續續說完這句話。聲音顫抖、參雜著喘息，然而那音色就像鈴聲一樣悅耳。她用溫和的眼神看著我，彷彿像是浮著花瓣的午後小水窪，被施予美好的咒語。

「嗯、嗯嗯，一起去吃吧。」

我也氣息紊亂地點點頭，最後慢慢地吸氣，讓心靈平靜下來。菊池同學也紅著臉，這段時光是怎麼一回事。但完全沒想到菊池同學會主動邀約，真是殺我個措手不及。從天使口中說出這種話，太狡猾了。

「那麼……我去準備一下。」

「好、好的。」

接著我就從自己的書包拿出錢包，再回頭去找菊池同學。菊池同學似乎也準備好了，兩人一起前往學校食堂。這是怎麼了，雖然不太清楚，但內心七上八下。

啊，是因為有人在看嗎？

對喔。光是要跟對方搭話就拚盡全力，所以我都沒注意到，不曉得剛才那些看在周遭其他人眼裡，他們會有什麼感覺。感覺之後好像會被水澤調侃。拜託別被他發現。

＊＊＊

「那個時候安達交出發條真的讓我好感動……！」

我們在學校食堂之中找到比較內側的座位，那裡比較不顯眼。

我跟菊池同學兩人一起在吃午餐。

我用餐券買了月見烏龍麵，菊池同學則是吃著從家裡帶來的便當。

至於在討論的內容，當然就是關於菊池同學讓我看的小說。

「好、好的……」

「還有烏爾芬的短篇——」

我將自己的基礎技能友崎作風——也就是「想到什麼說什麼」發揮到極致，對菊池同學說出我的感想。我本來就很擅長有話直說，再加上最近開始能夠自由操縱的語調和表情，搭配這些新武器，感覺我表達起來變得更加得心應手。這應該可以命名成友崎作風第二式吧。不，還不夠格。

「但沒想到最後父親居然會出馬！」

「啊，就是這個！寫完了才想到，是事後才變更的。」

「原來是這樣？」

「我想那樣烏爾芬的心靈負擔可能就不會那麼大……」

「原來如此！……嗯，肯定會的。」

菊池同學邊聽我說話，邊露出難為情的樣子，不時點點頭。

跟在圖書室對談的溫暖時光有點不同，這段時間給人熱鬧的感覺。

「還有破壞岩石的不是獸人魯格爾，而是人類米特，這也讓我好興奮。」

「啊，就是要這種感覺！」

「個人覺得這不是靠蠻力，而是靠智慧跨越種族藩籬……」

「哇……你能看出這點，我很高興……」

看過反映出菊池同學想法的小說，我將自己的想法傳達給她，然後去確認菊池同學原本的想法。

這明明不是在說自己的事情，卻讓人覺得有點像對彼此敞開心胸說祕密，心中出現一股悸動。

彷彿只要這麼做，我們就能不知不覺互相了解，這種感受充斥在我心中。

「還有……！」

我一不小心就樂在其中，像連珠炮似地發表感想，結果菊池同學呵呵笑，露出有些成熟的表情。

「……嗯？」

當我的注意力被這一幕吸引過去，菊池同學就慢慢將手放到胸前，臉上浮現幸福的微笑。

「——能夠讓友崎同學看，真是太好了。」

那完美笑容彷彿是為了融化我的心而存在。菊池同學背上長出大大的翅膀，溫柔包覆我全身，將我的心和身體全都分解成光之粒子，帶我前往幸福的樂園，而我也不禁徜徉在這樣的感覺之中。

「嗯、嗯嗯……我也很慶幸能看。」

照理說她帶我去的幸福樂園中，只存在讓人心曠神怡的氣溫和溫和笑容，但不知為何我全身都在發燙。

為了讓身體不再發燙，我喝下冷水，慢慢吸了一口氣，再吐出來。這個時候我想到一件事情。

「啊，對、對了。有件事情想問妳……」

「嗯？」

菊池同學用被神欽定的最可愛角度不解地歪過頭。

「最後的短篇故事好像寫到一半就沒了，那個是？」

聽我這麼一說，菊池同學短促地「啊！」了一聲。

「是在說飛龍的故事嗎？」

「嗯，對。」

只見菊池同學用手指抵住嘴唇。

「那、那是我弄錯了。」

「弄錯了？」

菊池同學點點頭。

「那個還沒寫完。都寫在同一個檔案裡……這樣啊，一起被印出來了。」

「……哦──原來是這樣。」

換句話說，不知道是純文字檔還是ＷＯＲＤ檔，但短篇都寫在同一個檔案中。

因此一旦印出來就全部都印了，就連寫到一半的原稿也混在裡頭。

「嗯……我印的時候沒有略過這個。」

「這樣啊……不過，」我說完把手搭在下巴上。「我覺得那個也很有趣。」

被我這麼一說，菊池同學惶恐地點點頭。

「謝、謝謝……不過，很抱歉，害你看了沒寫完的東西。」

看菊池同學有些歉疚，我搖搖頭。

「不。雖然只寫到一半，但那個也很有趣，我很高興有機會看到。」

「是、是這樣嗎？」

菊池同學轉眼看著我，臉上神情多了一絲開朗。

「期待後續發展。」

「我、我明白了！」

緊接著我刻意去學水澤的爽朗笑容，盡量展露溫和的微笑。這讓菊池同學先是眨眨眼睛，然後就客氣地別開目光。嗯，這表示我失敗了吧。

後來菊池同學再次慢慢朝我看過來，眼神莫名認真。

「那個、友崎同學……你看完覺得哪一篇印象最深刻？」

「……呃。」

我稍微猶豫了一下，但沒想到很快就得到答案。

在看的時候，最能撼動我心的肯定是那個短篇。

「雖然不知道這樣回答算不算數……」

「……請說。」

我回望用認真神情凝視我的菊池同學。

「應該是最後那個未完成的——飛龍短篇。」

這話一出口就讓菊池同學驚訝地睜大眼睛。右眼就像月亮，左眼就像太陽吧。

「該怎麼說，在看的時候——感覺角色在腦海中的形象特別生動……」

照理說我應該很擅長有話直說，但卻覺得要直接表達那種抽象的感覺有點困難。除了說「雖然說不清，但感覺很棒」，我就不知該怎麼解釋了。

那該怎麼形容才好。

在看那個短篇故事的時候，感覺有個世界在心中莫名順暢地架構起來。

就連些許的氛圍餘韻和裡頭的土壤氣息，以及角色的呼吸都能感受到。

光看這個故事就有一種身歷其境的感覺，勾勒出繽紛的世界——

「……」

想到這邊，我突然靈光一閃。

只見菊池同學正一臉認真等我開口。

「菊池同學——妳之前說過。」

「我之前說過？」

我「嗯」了一聲並點點頭。

「妳說看完安迪的作品，會讓人覺得那個世界彷彿就在眼前，這也是妳對安迪作品特別喜愛的地方。」

「……是的，的確有這回事。」

這讓菊池同學開心地微笑，溫和有禮地回應。

我也對她點點頭，並且再次開口。

「我在看最後那個短篇的時候。」

「……嗯。」

接下來，我對菊池同學道出內心所想。

「——故事裡頭描寫的世界原封不動呈現出來，看起來好繽紛。」

「……咦。」

此時菊池同學的嘴脣微微張開，她一臉驚訝。

我一面確認自身感受和表達出來的差異，逐漸過濾思緒，將那些傳達出去。

「嗯，我覺得確實是那樣。看著看著，腦中就會自然而然出現影像，角色也活靈活現，總覺得會很想替所有角色加油……對！會覺得自己也想進到那個世界裡！」

發現有合適字句足以說明自己的感受，我半是興奮地開口道。

「妳看，我因為跟菊池同學聊天的關係，才開始閱讀安迪的作品對吧？之前我這個人都不太看書，卻喜歡上安迪的作品。」

「……嗯。」

菊池同學緩緩地點頭。

「大概是因為安迪的作品很有想像力，又讓人覺得溫馨，某些角色表面上冰冷，卻有可愛之處，讓人有親切感，我就是喜歡上這個部分……！」

接著我看向放在桌子上的原稿。

「總覺得最後那個短篇，給人感覺跟看安迪的作品很像！」

我滔滔不絕地說到這邊，將自己的感想盡數表達完畢。

「所以我非常喜歡……大概就是這個樣子吧。」

嗯，在說的時候好像有點太過狂熱了。到了後半段，就連音量都提高許多。對於喜歡的東西就會變得過度談論，不小心把很宅的部分表現出來。

雖然有些後悔，我還是把目光從原稿上拉開，轉而看向菊池同學。

——咦!?

這時菊池同學眼裡充滿了淚水。

「怎、怎麼了!?」

這讓我完全亂了陣腳。究竟發生什麼事了。等等，我跟女孩子兩人獨處還把她弄哭，這根本變成難度最高的迷宮關卡了吧。話說菊池同學為什麼在哭？是因為我的阿宅狂熱太噁心才把她弄哭的嗎？眼前的菊池同學好傷心，假如有方法能讓我去除這份悲傷，那要我做什麼都行，但眼下該怎麼做才好？我是在鬼扯什麼。

「嗯……那個——對不起。」

但不曉得為什麼，卻是菊池同學在道歉。

「……為、為什麼道歉？」

只見菊池同學深吸一口氣，她擦擦眼睛。多到快要流出來的淚水都沒了。太、太好了——算是吧？

「那、那個……」

「嗯。」

菊池同學冷靜下來，開始尋找措辭。臉上沒有半點悲傷色彩。

「我一直很喜歡安迪的作品。所以一直很想寫出像安迪那樣的作品……一直以來真的是這麼想的。」

「……嗯。」

菊池同學就像在回顧自我。

「我也很喜歡安迪作品營造出來的氛圍，還有那些角色……那大概就是我所喜歡的風格，也是我的目標……」

接著她雙眼溼潤，露出有些感性的笑容。

「雖然我知道自己還不成熟，但友崎同學看完還是說兩者很相似……因此我很開心。」

菊池同學先是心有所感地說完，接著就將手輕輕放到桌面的原稿上。

「……原來如此。」

我點點頭，率直地聽菊池同學說完這些。

最後不發一語，看著菊池同學放在原稿上的手。

她的手指又細又長，淡粉色的指甲修剪整齊。

肌膚上那抹白皙就如新雪般纖細、紋理細緻。

就是這些手指催生出那些故事。

「對了，菊池同學。」

這時我的嘴自然而然動了起來。

「要不要用最後這個短篇──」

因為那就是現在我打從心裡想做的事。

「──來為班上的戲劇寫劇本？」

4　只有主角一人往往無法進入其他種族居住的村莊

「為戲劇……寫劇本。」

就像在確認意思，菊池同學複誦那句話。

我「嗯」了一聲，二話不說點點頭。「就是文化祭那天，我們班要上臺表演的戲劇。」

這是為什麼我無論如何都想看到這件事情成真。

想看到菊池同學的劇本透過班上同學轉變成戲劇，很想看到這個。

只見菊池同學的視線落到斜下方，有些顧慮地開口。

「可、可是……」

那是略為退縮的語氣。不像是拒絕，聽起來更像是在害怕。

我把自己心中所想的如實說出。

「我想看到那個故事變成戲劇。」

「是、是這樣啊……」

除了別開目光，菊池同學還有些害羞。

「我不會強人所難……但真的不行嗎？」

話雖這麼說，前提當然是要菊池同學願意。可不想為了自己想看就強迫對方。

「並不是不可以……」

「咦，那意思是──」

我說話的時候，整個人不禁向前探出，而菊池同學若有所思地垂下眼眸。

接著就像在闡述她的思緒，聲音彷彿輕撫過花朵的微風，編織出以下這段話語。

「其實最後的短篇……在這次那些故事中，那是最先開始寫的。」

「……原來是這樣？」

菊池同學點點頭。

「一開始都寫得很順，我自己也非常喜歡裡頭的每個角色。當事人說這種話或許有點厚臉皮……但我真的很喜歡這個故事，它是無可取代的。」

「……嗯。」

這溫和的聲音直接浸染到腦海中，光聽就讓人心曠神怡。

我沒有對菊池同學的話插嘴，說些多餘的話，就這樣聽著。

「不過，正因為這樣……面對如此喜歡的故事、如此喜愛的角色們，我陷入煩惱，不曉得該給他們什麼樣的結局。」

面對自己的原稿，菊池同學撫摸它的樣子就像在摸嬰兒。

「所以才沒辦法寫下去。」

「……這樣啊。」

菊池同學的話淡淡地說進我的心坎裡。

我確實對技術層面一無所知。然而作品裡頭包含率真的心意，就連我這個讀者都能感受到。這肯定是因為菊池同學帶著強烈意念編寫故事的關係。

「正因為重視，才怕毀了它……」

「嗯……這樣啊。我明白了。」

越是喜歡就越害怕失去。

既然如此，若是要將作品形式轉換成跟大家一起表演的戲劇，如此大排場也是痴人說夢了吧。

「既然妳這麼說，那也許這個故事還是在菊池同學心中慢慢醞釀會比較好。」

我接受她的說法，得出結論。

菊池同學聽了也點點頭，嘴裡說著「或許這樣更好」。

緊接著她再度開口。

「——如果是不久之前的我，或許會那麼說。」

菊池同學此時露出有點調皮的笑容。

我一時之間沒聽懂，只是錯愕地看著菊池同學。

「我對很多事情都感到害怕。一直很怕離開自己的世界，到外面的世界去。」

菊池同學那對宛如翡翠般煥發複雜光芒的眼眸，此刻正展露積極樂觀的光輝。

「可是最近友崎同學跟我分享很多事情，讓我認識有別於以往的世界。」

她眼裡那抹光芒彷彿是在太陽反射下誕生的自然光輝。

「友崎同學跳脫孤獨的世界，飛躍至未知的世界，看著你的背影……我心中浮現一個想法。」

雖然不曉得菊池同學的目光具體而言落向何方，是看著多遠大的目標——

「這次我也想看看那個世界。」

——但看那對充滿幻想的雙眸，它們無疑正望著現實世界。

菊池同學對我露出有點內向懦弱、是這個年紀的少女才會有的笑容。

「因此，我想試著寫劇本看看。」

內向的女孩依然還是那麼內向，而她踏出一步，這才展露那樣的笑容，滿滿都是她與生俱來的強韌力量。

＊　＊　＊

這天放學後，我們大家針對班上的文化祭開會討論。八個執行委員來到前方站好。

我們目前在討論的重點都跟戲劇有關。還沒有決定劇本跟方向，就只有決定要演原創劇本，再不快點決定就糟糕了，因此在場眾人逐漸變得焦急起來。

目前我打算做的就只有一件事。

就是讓大家拿菊池同學的那個短篇當演戲劇本。

「那我們要演什麼樣的故事呢？」

雖然泉對大家如此詢問，卻遲遲得不到回應。半數以上的人都隨波逐流投了這個，也難怪會有這種反應。

我一面觀察整個班級的情況，同時確認都沒有人願意表態，一會兒後就見機開口。

「啊，那麼……我可以說句話嗎？」

話一說完，大家都看向我這邊。受大家注視果然很讓人緊張，但我已經有點習慣了吧，沒有像昨天那麼緊張了。應該就類似魔法防禦上升的感覺，順便說一下，這個時候的菊池同學驚訝地睜大眼睛，還用手摀住嘴巴。

「嗯，有什麼好提議嗎？」

被水澤這麼一問，我點點頭。

「就是——我好像找到候補劇本了……」

當我說完這句話，我用眼角餘光捕捉到日南的眉毛動了一下。雖然她要我積極參與，但沒想到我會連劇本都準備吧。但很可惜，日南，這並不是因為有課題在身的關係，而是我自己想那麼做。

「噢！不愧是軍師！就等你說這句！」

此時深實實跟著起鬨。我姑且「喔」了一聲，很配合地回應。

「是嗎？那是什麼樣的劇本？」

水澤用期待的語氣問我。嗯，兩個人都太看好我了，因此從某方面來說也讓我好辦事，但從另一個角度來看，我也覺得緊張，怕無法回應他們的期待。

「其實——就是這份劇本。」

我邊說邊給水澤一樣東西，這是從菊池同學原稿抽出的最後那個短篇。班上同學的目光都集中在我們兩人身上。嗚嗚。

「喔，已經有東西啦？」

接著水澤就開始翻閱最初那幾頁。

「……哦。」

他大概看了兩面，輕輕地點了好幾次頭。

「文章很有模有樣，這是誰寫的？是文也你寫的？」

「不、不是我。」

「啊，這樣啊？那是誰寫的？」

「這個——」

看我難以啟齒，水澤將原稿還給我。
「總之，感覺還不錯嘛？雖然不清楚細節如何，但寫得很有架勢。」
「咦，也讓我看看！」
一面說著，接下來換深實實把原稿拿走。
之後專心看了大約十秒鐘。
「……喔喔，感覺比想像中更加完備呢。」
只在開頭部分隨便看個十秒鐘就能看出來？是被一大堆文字沖昏頭，就隨波逐流說了這種話嗎？還是說她其實有在看書，所以看開頭就能隱約察覺？話說深實實意外地很會讀書，很有可能是後者。
後來班上也有人說「是喔——是怎樣的作品——？」因此我就拿出事先跟菊池同學一起在食堂旁影印機印出的部分複數原稿，分別交給班上每一排座位的第一個人。其實比起整篇原稿，若是有整理出大綱之類的會更好，但我們時間不夠。
「居然都準備好了!?」
泉發出驚訝的呼喊。呵，泉妳在說什麼啊。我可是弱角，該說沒有好好準備就沒辦法發揮正常水準作戰啊，只是這樣罷了。
「但我們現在時間不夠充裕，只要稍微看看最前面的部分就好……」
我對大家這麼說。感覺我好像開始變成領導人了。最近我在處理文化祭的事情上好像還滿厲害。

接著我等個幾分鐘，觀察班上氣氛會變成怎樣。

結果班上同學三三兩兩地出聲。

「原來如此——」「我覺得很不錯！」「很有架勢！」「還不錯，嗯。」「好像小說！」

總覺得雖然大家還滿能接受，但卻不是所有人都積極給出好評。不過話說回來，這樣也是正常的吧。

就算真正的內容很有趣好了，但很多人可能發現題材如此嚴肅就失去興趣，不能強求所有人都喜歡。而且紺野繪里香她們那幫人幾乎都沒看就傳給後面的人，從一開始就不能奢望所有人會團結一致。所以這個時候只要能讓大家明白「故事架構算是有模有樣」就夠了吧。

「我們就拿這個當基礎，大家一起討論，再實際決定角色分配，來配合做些調整，我想這樣應該就可以了。」

我對大家這麼說。畢竟故事並未完成，實際做起來就是會變成這樣吧。

那麼，這下算是已經先站穩腳步了。目前並沒有其他備案，而我們都像這樣確實做好準備了，我想被拒絕的可能性非常低。畢竟一開始會選擇演戲，並不是因為我們有特別想要表演什麼。

「話說回來，這到底是誰寫的——？」

來問的人是執行委員女性成員，名字好像叫做——瀨野同學。來自跟深實實要好的團體，在執行委員之中總是擔任書記工作，常常跟最近被我告知 Instagram 帳號的柏崎同學聊天。

「啊——這個嘛。」

我邊說邊看菊池同學。

接著我看到她點點頭。這是可以的意思吧。好，那我要說了。

我用班上同學都能聽到的音量開口。

「——是我們班的菊池同學。」

這話讓水澤和深實實突然轉過來看這邊，水澤臉上掛著恍然大悟的笑容。

「啊——原來如此，是這麼一回事啊。」

這麼一回事是哪回事，想歸想，我又不能真的那樣吐槽，因此我老老實實回了一聲「對」並點點頭。

「原、原來是這樣？」

深實實一邊答腔，但總覺得聲音聽起來莫名平板。

我對所有的執行委員喊話。

「所以說，目前也沒有其他的備案，個人認為可以用菊池同學的這份劇本當戲劇腳本……大家覺得呢？」

只見執行委員陸陸續續從口中說出「嗯，也行。」「好像可行？」這類的話語。

雖然欠缺無可挑剔的決定性影響力，但又沒有其他的備案，而且感覺這份劇本算是架構完整。再加上菊池同學平常都很文靜又認真，這樣的乾淨形象也有加分作用吧。

「那、那麼……有人有其他提議嗎？」

泉重新對班上同學提問，但大家果然都拿不出提案。

「那好。就用這個吧。」這時水澤用爽朗的語氣做出結論。「菊池同學，下次開會之前可以弄個簡單的大綱嗎？」

被人點名的菊池同學即便感到驚訝，依然笨拙地大幅度點頭。

「好、好的。」

這讓水澤露出一個爽朗的笑容。

「ＯＫ——那就用那個來決定演戲的角色可以吧？」

「有道理！」

「還有這份原稿可以上傳到某個地方，用這種方式發給大家會比較方便。」

「噢！這點子不錯喔！」

在水澤主導下，他的意見當下就被泉採納，今後的方針已定。感覺後半段幾乎都是水澤在主持，這樣好嗎泉？

「可以上傳嗎？」

「可、可以的！」

菊池同學雖然嚇到，但她還是真摯地點點頭。

「ＯＫ——那我們就替全班開一個文化祭專用的 LINE 群組，在那邊分享吧。」

「我、我知道了。」

相關事項就這樣迅速定案。雖然隨口說出「全班」，但會不會有人的LINE是班上同學都不曉得的。話雖如此，只要有水澤和日南在，他們幾乎就能網羅全班的LINE了吧。只是幾個月之前，就只有我沒有被加入通訊錄。

「好耶——！那我來當主角吧～～！」

「不，就只有這個是絕對不可能的。」

「咦——!?」

緊接著竹井和中村那司空見慣的互動惹得班上同學發笑。

話說太好了。看來已經徹底定案了。

這下那個故事就能透過班上演戲向外傳遞給他人。

我看向菊池同學，發現她臉上露出安心的微笑，用非常細微的動作點頭致意。真的很有禮貌。

這個時候我突然感覺到旁邊有人在看我，便轉過頭面向那邊，然而只有沒有在看這邊的深實實待在那兒。嗯，是我多心了嗎？

＊　＊　＊

接下來討論重點到了漫畫咖啡廳，我們熱烈討論內部裝潢要弄成什麼樣子，要推出什麼樣的菜單，誰要帶什麼樣的漫畫來等等，把必要事項寫出來後，討論就此結束。嗯，是說開店這個部分好像也很讓人樂在其中，讓我感到驚訝。總覺得文化祭從頭到尾似乎都能帶來樂趣。

後來我們開始著手製作漫畫咖啡廳的內容和看板、菜單等等，這屬於比較能夠輕鬆製作的部分。我在中村集團之中一下子被人捉弄，一下子努力捉弄中村，度過一段還算熱鬧的時光。話說這段自由時間。一定要拿來活用在課題上。

今天大家都開始著手為文化祭做準備，幾乎所有班上同學都在製作某樣東西。也就是說，若是我在這個時候巧妙行動，今天應該也有機會完成任務。

我打開跟日南的交談畫面做確認。

現在還剩下以下四個攝影任務。

- 拍到戴眼鏡的水澤孝弘
- 拍到在吃冰的泉優鈴
- 找兩個以上之前不曾說過話的女孩拍照
- 跟菊池風香一起合照

若是要從這裡面選——首先泉的拍照任務是吃冰，這點比較難。學校食堂就有冰，並非不可能的任務，若我要再次邀泉吃冰，對方會覺得怎麼又要去，感到莫名其妙，而且還會伴隨奇怪的風險。還有泉總是跟紺野那幫人在一起，也很難讓她落單。

至於水澤的拍照任務，老實說最近我們逐漸發展成可以拜託他做些事情的關係，但若是要讓他戴上眼鏡，我就不曉得該怎麼辦了。話說我能夠在某種程度上用平常心聊天的對象，裡頭都沒有人平常就戴著眼鏡。菊池同學好像也只有在打工的時候才戴。是不是可以去眼鏡店在那裡試戴並拍照呢？從明天開始就會遇到星期六，看來有必要想個作戰計畫，讓我在眼鏡店跟水澤見面。

如此想來剩下的就只能二選一，我就先來挑戰平常很少有機會拍照的對象好了。那麼就先不去管在圖書室和劇本討論會議之中有很多機會兩人獨處的菊池同學拍照任務，先來進行「找之前都不太有機會說上話的女孩子兩個以上」好了。眼下的氛圍正好方便跟班上所有同學互動。

於是我就混在中村集團之中，替菜單上色或是弄奇怪的塗鴉等等，一面觀察日南那幫人的動向。要說這個時候唯一有機會讓我達成該攝影任務的對象，應該就是執行委員柏崎同學和瀨野同學了。日南對我出課題的時候，我還沒跟她們說過話。若是拍到這兩個人應該就行了。那兩個人跟日南、深實實、小玉玉在一起，在大張的海報紙上畫些東西。

我一面尋找機會，一面定期偷看那兩個人，結果剛好跟深實實對上眼。怎麼了？一跟她對上眼，對方就衝著我笑。什麼，這是什麼意思。

這樣的事情反覆發生幾次後，深實實終於好奇地跑來這邊。不，我不是在看深實實啊。就連小玉玉也跟過來，日南、柏崎同學跟瀨野同學都愣愣地在一旁觀望。嗯。

「怎麼啦，一直在看這邊！」

當深實實對我這麼說，小玉玉就二話不說斷言「是妳想太多吧？」。

「嗯，想太多想太多。」

我跟著附和，結果深實實一臉大受打擊地張大嘴。

「不對吧，我們不是一直對上眼嗎!?」

「印象中好像沒這回事——」

我就像這樣跟對方打哈哈，一面找方法完成拍照課題，結果深實實嘴裡突然蹦出這句話。

「對了！你是什麼時候跟菊池同學開會討論的！還弄出架構那麼完整的劇本！」

「啊——……就稍微討論一下而已。」

我含糊帶過，這讓深實實嘟起嘴脣，看起來很不滿。

「怎麼了～？還真的自以為是導演～？」

「沒有……」

感覺她莫名充滿試探意味。我不曉得該怎麼回答才好，所以我一面引開話題，一面嘗試引導對話好讓攝影任務可以達成。

「話說那個──……妳們那邊現在在做什麼？」

我邊說邊看向日南和柏崎同學她們所在的方向，這時小玉玉跳出來回答我的問題。

「我們在想走廊這邊要怎麼設計！」

「啊，原來是這樣。」

這話讓深實實跟著充滿活力地點點頭。

「對──對──！要看嗎？」

她邊說邊看著日南、柏崎同學和瀨野同學那邊。緊接著聽到我們這段對話的竹井出聲插嘴。

「你是想看那個吧!?」

「對、對啊，那我就去看一下。」

就這樣，我搭上竹井那句話的順風車做出回應。

「OK──在這邊！」

我就此和竹井一起加入日南那幫人。嗯，若是要在這個時候一起出擊當游擊隊，可以的話選中村或水澤會比較可靠，但我也是不得已的。

就別靠其他人，自行努力吧。

接著我就和竹井、深實實、小玉玉四個人一起前往女孩子的園地。

「請看──！大概就是這個樣子！」

後來深實實大大地揮揮手，對我們展示她們的設計。

「……噢──」

我不禁發出感嘆聲。

在一大張海報紙上，她們使用蠟筆，模仿小孩子筆觸畫出很有流行感的食物或飲料、漫畫等插圖。

在那個團體裡好像有人很擅長繪畫，插畫重點部位、引人注目的部分都用乾淨線條描繪，避免整體都給人散漫的印象，整體來看都貫徹「兒童畫風」這個概念。

換句話說，若是大家不會畫畫，那就要想想該怎麼樣搭配這些醜畫呈現出不錯的感覺，是很有效率的做法……我想這些八成都是由日南主導吧。我還看向那個當事人，結果她正滿臉笑容，用蠟筆畫出很像小孩子畫風的荷包蛋。這可是我第一次看到那麼孩子氣的日南同學。

「感覺很不錯呢⁉」

明顯可以看出竹井很開心，接著瀨野同學就用有些雀躍的聲音回應他。

「不錯對吧⁉竹井同學要不要也畫些什麼？」

「咦──⁉可以嗎⁉」

竹井邊說邊拿起放在地上的蠟筆，嘴裡「嗯──」了起來，開始陷入煩惱狀態。他對慾望未免太忠實了吧。

呃──那我要不要試著說出那句話？

「不對……你根本就超想畫的吧？」

我裝出調侃人的語氣，說話時稍微帶點吐槽意味。

──緊接著。

不只是將這些都聽在耳裡的深實實和日南、小玉玉，就連柏崎同學和瀨野同學都跟著偷笑。

這、這是。

「啊哈哈，雖然嘴裡說著『可以嗎!?』，但他還是拿起蠟筆了吧？」

柏崎同學對我這麼說，她也認同。旁邊的瀨野同學也笑咪咪地看著我。先等一下，這是怎麼一回事。若不是我多心，感覺她們似乎很願意接納我啊。

這樣的發展就連我自己都感到驚訝，同時我小心別讓自己的說話語氣亂掉，開始去想要怎麼回答才聰明。呃──為了讓眼下氣氛變得更熱鬧，那就必須……

「對了對了！」

但我什麼都想不到，就只用開朗語氣做出很一般的回應。呵，不愧是弱角。

「啊，對了我有看Instagram！小玉玉的照片真的好好笑！」

此時一旁的瀨野同學對我說了這句話。咦，怎、怎麼會這樣發展。雖然有點一頭霧水，但感覺好像變成由我開啟話題，同時跟兩個女孩子聊天？

我顯然將被捲進超負荷的情境中，但這種時候就要運用基礎中的基礎技法，必須抬頭挺胸，即便是做做樣子也要表現出自信，同時我開始斟酌用語。

然而眼下我又沒什麼好點子，因此就把跟小玉玉拍照時私底下浮現的想法原封不動說出。算是走即興路線，但又不完全是。

「那、那個真的很強，很像超新星爆發。」

聽我這麼一說，瀨野同學又笑了出來。

「啊哈哈在說什麼啊，也太誇張了！」

真、真的假的，感覺進展順利呀。還好我常常在腦子裡自言自語。其實我的腦袋就快爆炸了，但表情和姿態卻確實裝出很有自信的樣子。

而這讓深實實驚訝地插嘴。

「咦──在說什麼！給我看給我看!?」

「啊，就是──……」

我給深實實看小玉玉的照片，接著深實實就笑得超級開心。

「啊哈哈哈！糟糕，這個小玉好可愛喔！」

「對啊！」

只見小玉玉露出得意的表情，很給面子地回應。感覺這部分跟不久之前的她有點不一樣。還是保有小玉玉的本色，但似乎更好親近了。

就連看了照片的日南也跟著笑了出來，裝得好像她第一次看到一樣。

「啊哈哈，這個不得了！好可愛，要不要在這邊臨摹她的臉？」

她邊說邊指著海報紙。

「用不著做到那種地步！」

這話讓大家都笑了出來。

看她們如此對話，我一面思考。接下來為了達成攝影任務，究竟該怎麼做？

目前在場這些人都知道我開始在玩 Instagram。照柏崎同學和瀨野同學跟我的對應來看，似乎可以讓她們把我當成「最近開始玩 Instagram 的人」。

換句話說，其實可以大幅活用這種手段吧？

趁大家對話到一半的空檔，我試著做出這樣的提議。

「……那要不要大家一起拍奇怪的表情照？」

這下深實實上鉤了。

「聽起來不錯喔！我可不會輸～！」

「不，深實實，這又不是在比賽？」

日南火速吐槽讓在場眾人都笑了。我、我剛才也想說一樣的話，完全輸在反射速度上。有的時候師父也會來砸徒弟的場。

我開啟相機功能，準備替大家拍照，這時小玉玉突然對我伸手。

「嗯？」

我錯愕地看著那隻手。

「我已經拍過照片了，友崎你也跟大家一起入鏡吧？」

「……好、好。對喔，謝謝妳。」

小玉玉會像這樣率真地體貼他人，我除了在心中感嘆之餘，還不忘去加入大家的行列。大家排成兩排，等相機準備好進入拍照狀態。對了，就只有竹井已經火力全開擺出奇怪表情。不愧是竹井。

一陣子後終於聽到小玉玉說「那我要拍了喔——？」。很、很好，要擺奇怪表情是吧。這陣子小玉玉有教我怎麼擺奇怪表情，告訴我「這邊要用力」之類的，照那樣做應該就沒問題了。我緊張地擺出表情，但沒想到居然這麼快就能學以致用……

「來，笑一個。」

在相機發出「喀嚓」聲之後，大家都擠到小玉玉那邊，嘴裡問著「拍起來效果怎樣——？」大家一起看了智慧手機畫面發現裡頭的日南、深實實、柏崎同學、瀨野同學和竹井再加上我共六個人都各自盡全力擺出奇怪表情，拍出非常現充的Instagram 風格照片。不、不會吧。這樣東西出現在我的智慧手機資料夾裡!?

柏崎同學邊看照片邊笑。

「這下有趣了！友崎同學跟小玉玉的表情一樣！」

她邊說邊指著我的怪表情，因為我完全照抄小玉玉教給我的方式，所以裝出來的搞怪表情似乎變得一模一樣。

看了這個，包含瀨野同學在內，大家都笑著說「真的耶！」在那邊瞎起鬨。

這、這是什麼感覺。感覺在 Instagram 的帶領下，我好像徹底融入大家了。

我拿著小玉玉還給我的智慧手機，帶著有點恍惚的心情跟大夥一起閒聊，緊接著竹井就興奮地面向我。

「小臂你的照片好棒喔！也傳給我！」

「咦？喔、喔喔。」

雖然對象是竹井，但聽他那麼說，讓我有點開心，因此我帶著興奮的心情用LINE傳那張照片給竹井。

「OK——謝啦——！我要傳到Twitter上！」

「……咦？」

因為我一時不慎的行為，好不容易拍出很棒的照片卻搶在上傳至我的Instagram之前，先被竹井傳到Twitter上，迎接這樣的美好結局。真的假的。真不曉得敵人會潛伏在哪。

＊　＊　＊

那天放學路上。我跟中村那幫人走在一起，心中很煩惱。

其實今天是星期五。也就是說明天是星期六，必須在剩下的三個課題中挑出兩個來消化。

剩下那三個分別是「戴眼鏡的水澤孝弘」、「吃冰的泉優鈴」、「跟菊池風香一起拍照」。而在假日應該優先處理的是這個吧，不知道在學校該怎麼樣才能拍到的「水澤孝弘戴眼鏡照」。

也就是說不是明天就是後天，要挑一天邀水澤出來玩才行，但總歸一句話，我不曉得該怎麼邀。

話說我想到一件事，像這種時候大家都是怎麼邀人的？之前有邀請菊池同學去看過電影，但那是因為要去看安迪的作品，兩人有共通點才邀得成，說到水澤跟我的共同點，實在是太少了。說起那個爽朗帥哥現充水澤，要說他跟我有什麼共同點，頂多就是我們都是人類、就讀同一所高中、在同一個地方打工。我想在興趣上根本毫無共通點可言。

然而就這樣什麼都不做一直走下去只是在浪費時間，減少邀約機會。

因此我就像平常那樣，在距離互相打鬧的竹井和中村幾步之後走著，跟水澤攀談。

「對了，水澤。」

「嗯？」

水澤一直在滑手機，趁著空檔回應我。真是的，虧我正在挑戰困難的課題。

「明天或後天有空嗎？」

這一問讓水澤不再看智慧手機，而是轉頭看我。

「怎麼啦？還真難得？」

「喔、喔喔。」我邊跟他對話邊摸索。「我想去某個地方。」

「……去某個地方是指？」

只見水澤皺起眉頭。嗯，會有這種反應也不奇怪。一般人邀請別人出去玩不會像這樣不著邊際吧。我是不是該先想好再開口。

「沒什麼，就那個——因為很閒才想隨便找個地方去……」

當我說完，水澤像是突然想到什麼似地「啊」了一聲。

「對了文也，你明天沒事吧？」

水澤說這話的時候身體微微向前傾，讓我不禁下意識閃避。

「沒、沒什麼事。」

接著水澤笑了一下。

「那正好。」

「……正好是指？」

聽我這麼問，水澤拍拍我的背。

「我們去參加文化祭。」

「……文化祭？」

他點點頭。

「就是鶇兒他們那邊的文化祭。有人招待才能去，但我有拿到兩張門票。」

「原、原來如此。」

只見水澤挑起單邊眉毛，臉上帶著笑容。

「原本是想趁星期天找個打工的同事一起去，既然文也很閒，那正好可以找你。」

「好、好，那我們就去吧。」

雖然意想不到的發展令我手足無措，但我還是給出積極的回覆。這應該是最棒的機會了。即便第一次去參加其他學校的文化祭，但要去的地方有著落真是太感謝了。

「ＯＫ——那就約明天十二點左右。詳細事項再用 LINE 跟你說。」

「了解。」

「打個比方就是文化祭執行委員去潛入觀察其他學校的文化祭。」

「還、還滿像的。」

水澤看起來一點都不緊張，而我一想到明天的事情，內心就開始七上八下。這就是弱角跟現充之間難以跨越的障壁吧。

「ＯＫ——那先這樣。」

「喔、喔喔。」

彷彿看出我在緊張，水澤用彷彿在捉弄我的語氣補上這一句。

「——順便跟你說一下，鶇兒的高中可是女校喔？」

「女、女校……」

聽到這句話，我覺得更害怕了。等等，那是女校？那不就糟了？是等同最後關卡的難關吧？

＊　＊　＊

隔天。我來到會合地點北與野車站。看樣子小鶇那所高中靠近我回家搭的最後一站，我們約好在那邊會合。

水澤從檢票口出來，對已經先來到會合地點的我稍微揮了揮手。

「嗨——」

「嗨、嗨嗨。」

我也打算用跟他類似的語氣回禮，但接下來要面對的事讓我很緊張，感覺連話都說不好了。照理說區區一個打招呼應該能在不多想的情況下完成才對。照這個樣子下去有辦法完成課題嗎？別說是完成課題了，總覺得光是應付文化祭就沒有餘力。是說文化祭上應該沒有眼鏡店吧，該怎麼辦？

「好了，我們走吧。」

順便說一下，我們兩個都不是穿便服，而是穿制服。我原本在煩惱參加這種活動該穿便服還是制服，昨天就傳 LINE 問水澤，結果他說穿哪種都好，會配合我，所以我就選擇制服。理由是我還沒買能夠應付像現在這種寒冷天氣的上衣。根據日南所說，會打扮的人好像都會在天氣變冷之前就先買了，但我不會打扮，因此認為自己必須在變冷之後才買。

「啊，這就是邀請函。」

「好，謝謝。」

我從水澤手上接過寫著「德靜高中文化祭」的黃色紙張，邀請人欄位上用螢光色的閃亮筆跡寫著「成田鶇☆」。過度圓潤的文字很有女高中生風格，總覺得小鶇在這種地方給人特別潮的感覺。

周遭那些人恐怕也是要去參加文化祭的吧，有很多穿著各式各樣制服或便服的學生走在一起。

「接下來要搭公車。」

於是我跟水澤就搭上公車前往德靜高中。

等公車到達目的地後，水澤就看著智慧手機的地圖帶領我，我們進到高中裡頭。討厭，我竟然被男生帶著……

穿過用聖誕樹裝飾彩條和手工花朵妝點、有著濃濃手工藝氣息的大門進到校園內，我看到好幾群穿著便服或制服的團體。就男女比例看來，女生好像多一點。男生都是其他學校的學生，想來參加的人還真不少。

「總之——我們先隨便逛逛吧——」

「喔、喔喔。」

我努力故作鎮定回應，不料水澤皺起眉頭。

「……你好像很緊張？」

「這、這是當然的。」

當我坦白說完，水澤便呵呵笑。

「好啦——放輕鬆！要面帶笑容。」

緊接著他就對我擺出從容不迫的笑容。

「我、我知道了。」

於是我決定表面上至少要模仿他露出那種笑容。很、很好，感覺緊張程度好像有降低一成。就算只模仿外觀果然也是很重要的。

我進到校舍裡頭環顧四周，看見走廊牆壁上充滿女校風味，處處都是可愛的裝飾，各個班級寫著「鬼屋」、「什錦燒和炒麵」、「逃脫遊戲」等等。看來不管哪個學校，想出來的點子都差不多呢。

水澤一面看著往來行人，一面開口。

「那接下來，首先來講講搭訕的基本技巧。」

「突、突然就開始教起不得了的技巧？」

看水澤說得理所當然，我再次感到退縮。

「兩個男生一起來女校參加文化祭，當然就是來搭訕的啦。」

「不，我們不是來文化祭偵查的嗎……」

「哈哈哈，其實那只是藉口。」

「什麼跟什麼……」

完全跟不上他的腳步，這就是現充的生活吧。不，那怎麼可能。

「不過，說是搭訕，其實也只是跟年紀相仿的陌生女孩子聊天罷了。跟換班跑班的時候沒什麼兩樣——」

他說完就拍拍我的肩膀。這個人到底都在說些什麼……

「我說啊，就算是換班好了，我也不會跟陌生的女孩子聊天，甚至連緊張都不用。」

「哈哈哈！原來是這樣啊！」說這話的水澤笑得非常愉快，接著他用輕浮的語氣接話。「別在意，放輕鬆放輕鬆。」

「不，我怎麼輕鬆得起來。」

由於事情來得太過突然，他說的話讓我腦袋有點轉不過來。太過超現實的關係，令我不知所措。就連具體而言該做些什麼都不清楚，光只聽到搭訕這個字眼，我就覺得那種遊戲只有現充中的現充、溝通力之王才能玩。

「嗯——」水澤先是稍微想了一下。「不過呢，搭訕講白了其實零風險高報酬。」

「零風險？」

無論怎麼想都覺得看起來只充斥著風險。

「你想想看，假如在這邊跟某人搭訕卻失敗了？如果是在鶇兒的班上做，那今後可能會遭到鶇兒調侃，但一般而言若在不為人知的情況下搭訕，就算失敗，對今後的人生也不會造成任何影響不是嗎？」

水澤用非常悠哉的表情看著我。

「那、那是──」我想找些話來反駁，卻找不到。「不，或許是這樣也說不定……」

「對吧？」

說了這句話之後，水澤的嘴角微微上揚。

「但反過來說，若是順利達陣還弄到 LINE 帳號，這下子就只剩下滿滿的好處。」

水澤邊說邊用流暢動作操作自己的智慧手機，叫出 LINE 的 QR Code 畫面讓我看。動作怎麼這麼快。

「不對吧，你叫出這個畫面的動作也太熟練了。」

「哈哈哈，好像是喔？」

水澤笑著將智慧手機的畫面切回首頁。

「但話說回來。不會有風險，只有利益。那一定要做做看不是嗎？」

「我有的時候會想窩在家裡一直玩 AttaFami，所以拿到 LINE 帳號對我來說不完全都是好處呢。」

被我這麼吐槽，水澤臉上的笑容就像在說「真是敗給你了」。

「說這什麼話──那到時候別約對方出來玩不就好了。」

「這、這麼說也對……」

這下我又被人輕輕鬆鬆堵到沒話反駁。好吧。

「歸納起來就變成能夠自由選擇啦。看是要玩 AttaFami，還是要跟女孩子約會。

比起只能選擇 AttaFami，你不覺得兩邊都能選更好嗎？」

「這個嘛……完全是拿更好的選項來替代。當然是那樣更好。」

既然那麼做能夠自由選擇，那理論上肯定是有更多選項能選才是最佳方案。我已經學會套用玩遊戲那套來做邏輯思考，因此針對這部分，我無法自我欺騙，不由自主同意水澤的看法。

「就是這樣。那這下一定要做做看對吧？」

「呃——真的要那樣？」

「那我們先來找第一組。」

「咦？」

水澤說完就如乘風般從我身邊離去，去靠近走在走廊上的女高中生二人組。其中一個人是茶色頭髮，另一個是黑髮，都是看起來很像現充的女高中生。這傢伙是玩真的啊。

自以為隱匿行蹤的我躡手躡腳跟在後面，以便偷偷觀察情況。

「妳們好——」

水澤來到二人組前方距離一步的地方，對著她們大方說道。女高中生們驚訝地互看彼此，並觀察水澤。

這個時候水澤指著那兩人拿的棉花糖。

「那是什麼，看起來好好吃——」

說這話的語氣就好像跟她們是朋友一樣。

「從家裡帶來的？」

光這一句話就讓女高中生二人組哈哈大笑。

「才不是！是在那邊買的——！」

「啊，原來是這樣？還以為妳們是超熱愛棉花糖二人組。」

「啊哈哈，在說什麼，完全聽不懂！」

「想說妳們太喜歡才一起拿著。」

開始講話經過幾十秒，現場氣氛已經開始緩和下來。我看著這一幕，整個人提心吊膽。

「是說那個看起來好蓬鬆喔，給我吃一口嘛。」

「咦——那可不行。」

當留著茶髮的女高中生說完，水澤裝作不知情地搖搖頭，帶著揶揄的表情用手示意他要找黑髮女高中生。

「哈，我不是在跟這位小姐說話，而是跟這邊這位小姐。」

「啊哈哈這算什麼，好過分！」

茶髮的女高中生開心地笑說。緊接著水澤的目光就落到黑髮女孩身上。

「這位小姐願意賞光吧？」

「咦——好是好——」

接著黑髮女孩就把拿在手上的棉花糖整支遞出去，水澤咬了一大口。

「唔哇，吃起來超像棉花糖的口味。」

水澤的話讓女高中生們笑著吐槽「不對吧，那個就是棉花糖啊！」。咦，怎麼了，感覺氣氛好像越來越歡樂？

「對了——那這位小哥你在做什麼啊？」

留著黑色頭髮的女孩子對水澤提問。

「嗯，我嗎？」

「你一個人——？」

對方一說完，水澤瞬間就偷看我這邊做個確認，之後開口。

「我好像跟朋友走散了——若是有看到可以告訴我嗎？」

「不，我又不知道他長什麼樣子！」

「啊，那就跟妳們說特徵。首先他有兩個眼睛……」

「不對吧，大家都長那樣！」

「那他鼻子有三個……」

水澤一下子就開出這句玩笑，讓那兩個人笑了出來。

「啊哈哈，這位小哥好煩喔！」

「大概就長那樣，若是有看到可以跟我說嗎？」

水澤帶著戲劇性的認真表情說出這句玩笑話，兩人被他牽著鼻子走。

「啊哈哈，知道了。若是看到有三個鼻子的人再告訴你！」

「ＯＫ——就拜託妳們了，若是看到要怎麼聯絡我？寫信嗎？」

「也太莫名其妙！」

「真的耶，那就用 LINE 吧。」

「咦——怎麼辦？」

「這個嘛——」

那兩人看看對方，表現出猶豫的樣子。就算像那樣聊得很開心，等到要交換聯絡方式還是很難成行嘛。

這個時候水澤說了這麼一句話。

「啊，那還是寫信好了？」

「啊哈哈！不，寫信好像有點那個！這太難了！」

「就是啊。我不想說出地址。那該怎麼辦？」

「那就用 LINE，用 LINE 就好。比寫信好！」

「ＯＫ——來，給妳們掃這個！」

緊接著水澤馬上亮出 QR Code。

「這位小哥真的好輕浮～！」

「不不，我只是擔心迷路的朋友。」

「啊哈哈，是這樣啊——」

我只能在後方呆呆看著跟那兩人開心交換 LINE 帳號的水澤。

整個人啞口無言。

在那之後，水澤說著「拜拜～」，跟那兩人看似要好地互相揮手道別，然後帶著非常得意的表情走向我。但我剛才見識到的，讓我覺得就連那副得意表情都能原諒。

來到我身邊，水澤停下腳步，那張充滿自信的表情大大方方地面對我。

「如何？打幾分？」

「給你滿分。」

我徹底被降服。

這人的等級該不會比我想得還要高出好幾倍吧？

＊　＊　＊

「我小看你了……」

總之先去吃東西祭祭五臟廟再說，我們進到「拉麵店」，我邊吃顯然只是把泡麵放到容器裡做成的拉麵邊說著這句話。

「那種的算是從一開始出招就很順利，不過這就是我的實力。」

「是、是的……」

不管怎麼說，我都親眼見識到了，只能甘拜下風。

「話說你知道我說話的時候在想什麼嗎？」

「完全不曉得。」

我當下馬上回答。那種事情我哪會知道，就連殘影都看不見。

只見水澤開心地哈哈笑。

「那要不要從頭開始詳細解說？」

「麻煩您了。」

我變成只會跟人請教的機器。就連我這個門外漢看了都覺得那身技藝實在了得，感覺光聽解說就能累積大量經驗值，只能聽了。一個跟日南不同類型的超強大師父就在這。

「那首先——……就從跟人攀談開始。」

聽水澤這麼一說，我回想起當時的情況。

「呃——印象中你好像說了『妳們好——』，水澤。」

我向他確認，結果水澤皺眉。

「我有說這個？」

「咦？你不記得了？」

水澤說了聲「對」並點點頭。

「這、這是怎樣。」

他不是要教我細節嗎？不對，我不曾突然找陌生人開口攀談，所以不清楚，但我認為第一句話說什麼似乎很重要。他卻不記得是怎樣。

「啊——說起來，其實第一句『說什麼』並不重要。」

「呃——也就是說？」

我無法理解那句話包含的意思，便下意識反問。

水澤先是說了一聲「聽好了」，接著頓了一下再緩緩開口。

「重點不是說了什麼——而是『怎麼說』。」

「……怎麼說。」

他跟著點點頭。

「你想想看，對於會被人攀談一事完全沒有心理準備，卻突然有陌生人找她說話，你想對方會把那些話的內容聽進去嗎？」

我開始假想那種狀況。若是走在路上，旁邊突然有不認識的人跟自己說話……

「不……應該不會去注意內容吧。」

「對吧？」

只見水澤露出得意的笑容。

「因此第一句話的目的在於『讓對方注意到自己』。只要能夠引來對方注意，內容是什麼都無所謂。不管是『你好』，還是『你在做什麼？』，或是『那裡有山羊』都一樣。」

「山羊……」

這個莫名其妙的例子讓我一頭霧水。

「哈哈哈，就是無所謂到這種程度。因為目的是讓對方注意到自己，因此比起內容，自己站的位置、表情和語氣更重要。」

「啊——原來如此。」透過之前那些特訓讓我學會一些東西，同時也幫助我理解這點。「再來就是姿勢吧。」

「對對！你果然還是有點概念嘛。」

水澤開心地點點頭。

「喔、喔喔。」

雖然他很瞧不起人，但見識過剛才那種場面，我並沒有任何異議。

「等對方注意到自己，感覺她的注意力都放在自己身上了，對話從這邊才開始。」

「也就是之前說什麼都毫無意義……」

話說從出第一聲開始攀談的階段開始，要學的東西就如此出人意料嗎？天上的世界果然不同。

「接下來就是問對方一些問題，或是試著在她拿的東西上做文章，隨便找些話來聊。」

「等等，隨便找話來聊。那個太難了。」

稍微恍神就會跟不上。就是因為這樣，什麼都很行的傢伙才讓我頭大。

「哈哈哈。那就先教你基本技巧吧？說些比較簡單的，就像剛才的棉花糖一樣，找當下手上有的東西做文章就容易引起反應。」

「啊──原來如此。」

「女孩子有的時候會很想提及手上拿的東西。」

這我能夠靠直覺意會。假如不久前才剛買棉花糖，那對方通常就會很想講棉花糖的事情。

「接著，像這樣展開對話之後，下一個重點就是……我不是有說『給我吃一口』？這裡就需要一點小技巧了。」

「技巧……」

一方面是為了自習，在水澤還沒解說之前，我就試著去想那究竟會帶來什麼樣的效果。

「……嗯──」

藉著吃一樣的東西來縮短距離，是這樣嗎？這部分的等級有點高，我想不到合適的答案。

跟對方說讓我吃一口究竟會造成什麼影響？

我乖乖等著水澤解釋。

「大致說來，那樣講就能讓自己掌握對話的主導權。」

「對話的主導權？」

水澤點點頭。

「你看，去跟人搭訕就代表你是自己主動攀談，是自己在追求對方對吧？」

「這個嘛，是那樣沒錯。」

就好比是把「想跟妳說話——」這句話拐彎抹角表達出來吧。

「可是這個時候提出要求像是『給我吃一口』，雙方的關係就會變回對等。只是因為想吃棉花糖才跟妳們說話，可以營造出這樣的態度。」

「原、原來如此……」

令人意想不到的答案讓我感到驚訝。感覺說話等級變得越來越高。是要將這種有點微妙的關係性透過乍聽之下輕鬆幽默的話語來做調整嗎？不像中村那樣靠力量征服人，在這讓我見識到極為細緻的現充技巧。

「為了讓對方喜歡就去巴結，若是對方感受到這點，當下就會失去興趣。從頭到尾都必須讓對話按照自己的步調進行。」

我聽完這些就開始左思右想。

「呃——那就是剛才提到的對話主導權是嗎？」

這句話讓水澤笑著說：「哦，開始長慧根了嘛。」

「大致上就是這樣。為了讓對方越陷越深，必須一直掌握對話的主導權。」

「原來如此……」

想來在日南出的課題中也有要我做過類似的事情。像是「去捉弄對方」或者「讓人接受自己的意見」就是最佳寫照吧。只要反覆捉弄或是主張自己的意見，應該就會自然而然掌握主導權。嗯，水澤的教學跟日南教過的連結在一起了。

「所以我說想吃棉花糖一口被人拒絕的時候，不是還說『我不是在跟這位小姐說，而是在跟那位小姐說』之類的？這也是為了讓自己掌握主導權，表示選擇權都在自己手上，要保有主導權。」

「原、原來想得那麼深遠……」

每個行動都有超深刻的意義，感覺好像在看才藝表演一樣。

然而某些地方讓我有點疑慮。

「不過，其實對方也知道你來跟她們說話並不是想吃棉花糖吧？」

對。不管用再多的言詞營造那種氣氛，一般而言都能明顯看出這是在搭訕。若對方不是真心相信「他想吃棉花糖」，到頭來這些其實也沒什麼意義了。

此時水澤用莫名深有所感的語氣回應。

「就是那個樣子，雖然是那樣沒錯——」

接著他揚起嘴角歪著頭。

「跟女孩子說話的時候，像這樣找個表面上的藉口是很重要的。這部分或許有點難以理解。」

「表面上的藉口……」

當我跟著複述完，水澤節奏巧妙地接話。

「我跟她們交換 LINE 帳號的時候不是有做那件事嗎？說我在找朋友，若是找到就LINE給我，還有比起書信往來，LINE還比較好聯絡。」

「啊——……」

「那些其實也都是表面上的藉口對吧？」

這下我明白了。聽他這麼一說，這部分確實也是一樣的道理。

「但的確是因為先有那個藉口，之後才方便交換LINE帳號……」

我邊回想對話流程邊說了這段話。

當對方快要拒絕交換LINE，水澤就透過輕快的玩笑話徹底扭轉局勢。

「這就對了！看起來好像是沒有意義的藉口，但其實這才是重點，很重要。」

這讓我不由得感到極度認同。

的確，那兩個人並不是真的要等發現朋友去聯絡才跟水澤交換LINE，甚至可以看出她們根本就沒有書信往來的意思。但就因為有這個藉口，交換聯絡方式的難度才明顯降低。原、原來如此。這就是所謂的長篇大論還不如實際觀摩是嗎？

「至於下一個重點……那就是真琴給我吃一口棉花糖。」

「真、真琴……？」

「啊，就是那個黑髮女孩。」

「你已經開始叫對方的名字了……」

看我露出苦笑，水澤理所當然地點點頭。

「那不重要啦，繼續談正事……」

「喔、喔喔。」

這樣的前提未免也太奇怪了，直呼名字居然變成理所當然。

「願意像那樣給我吃一口棉花糖，那就表示她多少有點接納我了，或是她原本就不排外，原因八成是這兩個二選一吧？換句話說，無論如何這位都比較好攻陷。」

「原、原來是這個樣子啊……」

仔細想想，那就等於是跟初次見面的人間接接吻。對我來說難度太高。

「接下來這位真琴就來問我『那小哥你現在在做什麼？』。這是目前為止最最重要的重點所在。」

「咦，先、先等一下，重要的點在哪？」

糟糕。雖然之前有讓我驚奇連連，但是到這邊我完全跟不上，徹底失去方向。

「還不明白？關於這部分。先前都是我單方面攀談，而這是對方第一次主動開口詢問我的事情吧？那就表示對方開始對我產生興趣，接下來很有機會。」

只見水澤看似愉悅地揚起嘴角。

「是、是這樣啊……原來如此。」

從意想不到的地方天外飛來一筆，將人一口氣說服。這是哪招，在變魔術嗎？

「然後，接著就是跟很有機會把到的真琴交換 LINE，這樣也會更容易把到另一個女孩子，可以順勢跟她交換 LINE，就像打麻將自摸。你想想，既然她們是二人組，那就有可能在意朋友的眼光，沒辦法跟我交換對吧？因此就先提高其中一個人的意願，只要她跟我交換LINE，另一個人也會更容易要到。」

就這樣，水澤將剛才那些流程都解說完畢，在我眼前露出平常那種輕浮笑容。

「——就是這樣，大致上都理解了嗎？」

「感謝您的教導。」

那對我來說完全是一個未知的世界。

＊　＊　＊

後來我們兩人吃完拉麵，邊喝飲料邊休息。

「好，那你有什麼想問的嗎？不管問什麼，我都可以回答。你不是也做過不少練習？」

「說、說得也是……」

我在心裡想著。總覺得有種預感，好像可以從水澤那邊拿到無以計量經驗值，必須仔細想想要問什麼。

於是我就努力去想目前自己會想要知道的是哪些——我腦海裡浮現的並非跟當上現充之練習方法有關，而是截然不同的疑問。

這麼說來也對，最根本的問題應該是那個吧。

「不對……水澤你不是喜歡日南嗎？」

「……怎麼問這個？」

這讓水澤瞬間錯愕地看著我。

接著他面不改色，理所當然地說了這句話。

「我是喜歡葵。」

「喔、喔喔——」

我沒想到他會這麼乾脆地回應，反而被殺個措手不及。

只見水澤不以為意地看著我。

「但那跟現在這件事情有關嗎？」

「當然有啦，有很大的關聯。」

我吐槽的時候整個人往前傾。怎麼答得那麼理所當然。你明明喜歡人家，剛剛卻熱衷於搭訕不是嗎？現充就是這點讓人頭痛。

「你明明喜歡日南，卻像剛才這樣在文化祭上跟女孩子搭訕，這又算什麼？」

我流露出非現充本色，說出自己的想法，發現水澤看似困擾地皺起眉頭。

「嗯——……不，要我說，我現在又沒有在跟日南交往？」

「話、話是這麼說沒錯……但就是因為——」

當我話說到這邊，水澤就用堅定的語氣說了這段話。

「我有喜歡的對象，但目前沒女朋友，所以可以隨心所欲把妹。就只是這樣罷了。有什麼不對？」

「這……」

看他說得這麼斬釘截鐵，是否這樣也有理？畢竟他並沒有背叛任何人。

「但總覺得那樣不夠誠實……」

這讓水澤說著「誠實啊──」，並嘆了一口氣。

「話說文也你那些想法都是打哪來的？」

「……這個嘛。」

「你到目前為止都沒有任何戀愛經驗吧？」

「是、是這樣沒錯……問我那些想法是哪來的啊。」

我開始煩惱，結果水澤一直盯著我的眼睛看。

「我想你那種想法大概都來自以前看過的漫畫或動畫吧。」

「……這、這個──」

雖然我想說「沒那回事」，但卻無法徹底否認。因為被人問我這種想法是打哪來的，我卻不知道來自何方。只是一種直覺。既然如此，是否被水澤說中了？

水澤面不改色地望著我。

「像那種戀愛故事都只是『理想論』。去相信跟現實有出入的捏造故事，把它帶入現實，我個人認為這一點意義也沒有。」

「捏造的故事……是嗎？」

仔細想想，我確實只認識虛擬作品中的戀愛形式。但現實中的戀愛並非如此，更不一樣，因此就算有喜歡的人還是會去找人搭訕，說真的聽人這麼說，我找不到理由反駁。不對，一般而言都不會亂搭訕吧。

緊接著，水澤用試探性的目光看我。

「那我反過來問。」

他充滿自信地靠近我。

「什、什麼？」

在那之後，他用這句話試探。

「你認為一個男人要受歡迎，需要具備什麼條件？」

「條件？這、這問題也太突然了。」

面對意想不到的問題，我一時間答不上來。

「的確突然。不過，你怎麼想？」

他又重新問我一遍，我想起之前日南跟我說過的話，還有我曾經經歷過的。

然後在腦子裡將那些重新組裝，變成屬於自己的答案。

「就是──要好好打扮自己，顯得從容不迫……還有什麼？擅長掌握會話的主導權？」

我的答案除了包含日南之前說過的話，還加上剛才水澤教我的事情，之後水澤嘴裡「喔！」了一聲。

「答案沒有預想中那麼差。這三個都可以說是正確答案──」

雖然他這樣講似乎很瞧不起人，但剛才目睹那不得了的景象，因此我找不到話來回應，就只能點頭。

「多、多謝誇獎。」

但說真的，若是換成不久之前的我，八成就只能舉出「臉長得好看」。從這個角度來看，我或許有所成長。嗯。

此時水澤說了句「不過」，並頓住賣關子，然後才開口。

「比起那些小事，更根本的條件其實就只有一個。」

「更根本的條件？」

等我回問完，水澤便得意地揚起嘴角。

然後用很有把握的語氣這麼說。

「——受歡迎的傢伙就是會受歡迎。」

那句話讓我聽完呆呆地張嘴。

最後我的傻眼轉變成苦笑。

「不，這樣說未免太露骨了？」

這話引來水澤發出一陣愉快的笑聲。

「的確——但事實上就是這樣。剛才文也不是有舉出三個條件嗎？好好打扮算是最基本的，而『從容不迫』是受歡迎就會自然展露的，『擅長在對話中掌握主導權』也不例外，若是受女孩子歡迎，從一開始就占上風，當然也容易掌握。」

「好吧，確實是這樣……」

其實這部分聽他說了也不難理解，因此我兩三下就會意過來。

換句話說，原本就有女人緣，那自然而然就會造就更容易滿足受歡迎條件的環境。

「還有就是——一旦有女人緣，就會變得奇貨可居，放著不管可能會被人搶走，女人就會為此感到焦躁對吧？然後就像這樣，受歡迎的人變得更受歡迎，會進入受歡迎的螺旋。」

「受歡迎的螺旋……」

這傢伙煞有其事地在鬼扯什麼啊……即便這麼想，他講的又沒有弔詭之處，我便老實接受了。

感覺話好像離題了，但這時也出現讓我有點在意的事情。

「不，照你這麼說，那不受歡迎的人不就沒機會受歡迎了？」

受歡迎的傢伙會因為受歡迎而變得更有女人緣，照現狀來看，不受歡迎的傢伙根本就沒機會逆轉。

待我說了那句話之後，水澤二話不說點點頭。

「算是吧，事情就是這樣。」

「咦！」

接著水澤就露出捉弄人的笑容。

「——我想這麼說，但並不完全是那樣。」

「喂。」

怎麼突然換風向了，那剛才說那些又有什麼意義。

「哈哈哈。其實這很簡單，就算只有外在也好，只要裝得像受歡迎的人就行了。如此一來就能保有某種程度的戰鬥條件。」

「原、原來如此。」

雖然我在這方面沒什麼經驗，但其他領域的經驗讓我一下子就明白過來。即便當下沒自信又緊張，就算只有外表也好，若是裝得穩若泰山，心中也會感到沉穩。而那些都會顯現在行動和語氣上。這也就是日南教我的，先從外在著手，那也會反映在內在層面。

換句話說，也能夠把這一套運用在「想受異性歡迎」這個抽象概念上。嗯，這下就跟玩家式的思考不謀而合了。

此時水澤靠到椅背上，繼續把話說下去。

「然後呢，等到你真的受女人歡迎了，到時再也沒必要假裝。」

「這是水澤你的親身經驗吧。」

「哈哈哈，搞不好喔？」

在那之後，水澤露出有點風趣的柔和笑容。看到這樣的笑容，感覺這種自信滿滿的態度也沒那麼討厭了。

「基本上女孩子往往會愛上價值看起來比自己還高的男人。」

「嗯。」

「我打算像這樣不斷提升自我，能夠自由自在把妹，讓心靈變得從容不迫——然後慢慢讓葵看上自己。」

「原、原來是為了這個啊……」

所以他才會突然問那個問題吧。

但這下我明白了，我知道他想說什麼了。

「也就是說水澤之所以去把各式各樣的女孩子，並不是不忠，而是為了提升自己受歡迎的程度，讓日南看上你，因此這麼做沒問題。」

聽我這麼說，水澤「嗯——」了一聲並皺起眉頭。

「不，跟你說的有點不同。」

「咦，有出入嗎？」

還以為自己總算撥雲見日弄明白了。被我反問，水澤臉上浮現戲謔的笑容。

「對。不只是為了追到葵，而是我自己也想把妹，所以就到處玩，這也是一大因素。畢竟我也是男孩子嘛。」

「說什麼男孩子。」

面對不正經用了奇怪詞句的水澤，我眼明手快吐槽。結果惹得水澤呵呵笑，嘴裡繼續說著。

「所以說，跟葵沒什麼關係，之所以會像這樣把妹，單純只是誠實順應想要到處玩的心情，並採取行動罷了……這是其一。」

緊接著水澤露出充滿自信的笑容，嘴裡說著「還有另一個不同點呢……」並用食指輕輕指著我。

「『不是要等她回心轉意』，而是『要讓她愛上我』。」

「喔、喔喔——……」

水澤這句話是用帶著喜感又耍帥的語氣說的，臉上笑容充滿餘裕，原來如此，這樣確實有點帥氣。咦？等等，連我都淪陷了？

＊　＊　＊

「啊，水澤學長跟友崎學長！你們來啦～！」

我們離開拉麵店後，來到小鶇他們班舉辦的鬼屋，結果發現小鶇就坐在櫃檯旁邊滑智慧手機。嗯，這女孩就連在文化祭上都偷懶。

「嗨。哦，長觸角了呢。」

水澤說這話的時候正好看著小鶇頭上戴的兔耳朵。這樣子看起來好像兔女郎，真適合這個女孩子。

「這不是觸角是耳朵！可愛的兔子♡」

小鶇邊說邊用手擺出耳朵的樣子，放在頭上。

「那樣耳朵加起來就變四個了吧？」

「啊哈哈，說對了～真的耶～」

小鶇在笑的時候一副懶洋洋的樣子，感覺好像快融掉了。

看到這個樣子，我決定將剛才想到的直接說出來。這一方面是走友崎路線，而裝出調侃人的語氣則是學水澤。

「小鶇，妳就算在文化祭上也很偷懶呢。」

當我順利說完這句話，小鶇就笑了一下。

「我基本上不管在哪都不工作！」

「喂，別說得那麼得意。」

水澤飛快接上這句話。唔，若是多給我一點機會，或許我也能說出那種話，水澤的反應有點太快了。戰鬥的時候，行動順序都是由敏捷度決定，即便威力低也認了，我也許該快狠準發動攻擊才對。

「你們快請進！雖然一點都不恐怖！」

「當事人怎麼能說這種話……」

我趕緊接話，結果小鶫擺出調皮的表情，還很故意地吐舌。

「啊，那水澤學長那邊是辦什麼——？文化祭要在第二學期末舉辦對吧？」

「這個嘛，我們班是開可以看漫畫的咖啡廳，還會上臺表演戲劇。」

聽水澤回答完，小鶫雙眼發光。

「聽起來很棒呢！那如果能去，我就去看看～」

「小鶫，若是到時不會去就別說這種話……」

「咦～沒那回事啦～」

就這樣，我偶爾也會插嘴幾句，跟小鶫一路聊下去。

「那麼，有請兩位客人入內——！」

大致閒聊一輪後，我們被招待進鬼屋內。

雖然很狹窄又黑暗，但我們在還是能將前方看清楚的走道上緩緩前進。

「……叭！」

「……」

雖然旁邊發出很大的聲響，但早在發出聲音之前就看見有東西了，所以我不當一回事。

「……叭叭——！」

「……嗯。」

跟我一樣，因為都看得一清二楚了，所以水澤也不當一回事。這樣的過程反覆好幾次，我們也沒遇到什麼風浪就抵達出口了。

「辛苦你們了～！」

只見小鶇從椅子上站起來，靠過來問我跟水澤「覺得怎樣？」於是我就把心中所想的原封不動說出來。

「呃──……小鶇像剛才那樣自己站起來才是最讓人驚訝的吧。」

「啊哈哈～我懂～」

這些話小鶇都是用無力的聲音說的。

「對了！我在櫃檯輪班的時間就到這邊！要不要一起去學校餐廳吃飯？」

「不，我們剛剛才吃過拉麵。」

聽水澤這麼說，小鶇「啊！」了一聲並雙眼發亮。

「那就是說還沒吃甜點嗎！這樣正好！我剛好很想吃冰！」

「小鶇變得好積極……」

我這句話讓水澤呵呵笑。

「文也，可以想成鶇兒會吸收所有的屬性。」

「原、原來如此……那還真是棘手的魔王。」

小鶇用不知所以然的表情望著如此對話的我們。

「雖然不知道你們在說什麼，但總覺得你們好像在說壞話？」

「不——想太多了，知道了啦，就跟妳去吃甜點。學校餐廳在哪？」

「水澤學長就是棒♡，在那邊！」

情況就是這樣，我們體驗完低品質鬼屋後，接著就跟小鶇一起懶洋洋地前往學校餐廳。

不過話說回來，將剛才水澤說過的話當作基礎，我觀察這段對話——雖然小鶇提議的「想吃冰」被採用了，但最後還是讓人覺得是水澤掌握主導權來決定這一切。就連在這個部分，他的技法果然也超細緻？

＊　＊　＊

「對了，結果怎樣？有找到不錯的對象嗎？」

小鶇一面吃著杯裝香草冰，一面用慵懶的語氣開口道。比起那杯冰，小鶇本身融化得更快。

「哈哈哈，為什麼先假設我會去搭訕啊？」

「咦——因為兩個男孩子一起來女校不就是為了這個嗎～」

小鶇用理所當然的語氣回了這句話。咦，這是怎樣，水澤也說過這種話，果然是那樣？

「其實我還沒跟太多女孩子搭訕，只有一兩個。」

「啊——目的果然是這個嘛！水澤學長果然是包心菜類型的～」

「我說，就只有妳會真的把這個詞拿來用。」

他們兩人的對話節奏飛快，我在一旁面帶笑容眺望。包心菜類型指的是那個吧，看起來是草食男，內在卻是肉食男。當我還在想這些的時候，那兩人也一直聊下去。

在某個速度以下的對話，我也開始能夠插嘴開玩笑了，然而超過一定的速度，我就會突然出不了手，剛才就是一個貼切例子。這兩個人的對話速度真的好快。總覺得小鶇就跟竹井或中村一樣，都是天生有潛力的現充吧。該說他們都是靠本能嗎？

「那友崎學長這邊呢——？」

話題的矛頭突然間指向我。但我一直在找機會加入對話，因此並沒有太過慌亂。

「不，我沒有去跟人搭訕，所以……」

當我說完，小鶇就說「這樣啊！」並睜大眼睛。

「話說我們學校，有很多女生都想交男朋友，機會很多唷～」

「是、是這樣啊？」

「是啊～友崎學長目前沒有女朋友對吧？」

「這個嘛，是啊。是沒有。」

我努力把持住，以免突如其來的問題讓我慌了陣腳，同時做出回應。不是只有現在而已，而是我一直以來都沒有女朋友。話說對方像這樣瞬間就切入戀愛話題，讓人感受到腳程跟非現充差距有多大。

「那你可以瞄準我們班！有很多可愛女孩都說想交男朋友！」

「可以瞄準啊……」

這個時候我陷入迷惘。像這種時候，若是拿現充的指標來看，該怎麼回答才是正確的？

剛才水澤說受歡迎的男人就是會受歡迎，那女人緣好的男人在這種時候又會如何回應？我稍微思考一會兒，想要試著挑戰看看。但說到有女人緣，感覺就是身邊不缺女人，如此一來就該說「不，我來這邊不是為了那個」，但那句話就像我原本會照實說的，所以應該不是這個。我原本可能就會老實說的話等於錯誤答案，這樣的關係性感覺好悲哀，但事實就是這樣，沒辦法。

如此一來，感覺這種時候去學水澤可能會有的反應才最接近正確答案。那麼……是這樣嗎？

「……那接下來，雖然不可怕，還是再去鬼屋玩一次吧。」

我刻意裝出有點像水澤的輕浮語氣。在說之前想太多因而出現奇妙的空檔，但應該勉強還在表現自然的範圍內。來看接下來會有什麼變化。

我的話一說完，小鶇還是懶洋洋地融化在桌子上，臉上露出脫力的笑容。

「啊哈哈！我看友崎學長也是包心菜男吧～」

「鶇兒，就說這個字眼除了妳沒人會用了。」

「是——知道了～！」

對話的流向再次被水澤引導過去。

話說回來。如果學他回話，我好像也會變成包心菜男子。我連草食系男子都算不上，八成只是分解土壤養分的微生物。這樣有裝得像受歡迎的傢伙嗎？有向前……踏出一步了嗎？

＊　＊　＊

就在現在，我擔憂的事情成真了。

跟小鶇道別，我們兩人走在走廊上，這時水澤突然抓住我的手。接著——

「好，那接下來文也也一起去。」

「咦！」

水澤說完就從後方靠近走在走廊上的兩個女高中生。等等，真的要去？他這是要我一起加入行動吧。

等跟那兩個女高中生靠近到某種程度了，水澤才放開我，他只說了一句「文也你負責左邊那個」，之後就迅速走向雙人組的右側。咦，什麼？是要我們一左一右搭訕嗎？

於是我就按照指示，從跟水澤相對的那一側靠近雙人組——這我哪敢啊，水澤在那兩人的右邊，而我則是來到水澤右邊。不行啦，這種事情我辦不到。對我來說負擔太重了。

面對這樣的我，水澤偷看一眼並面帶苦笑，同時用開朗的語氣跟那兩人攀談。

「打擾啦——！」

而我也姑且先仿效他，盡量用清楚的聲音說「打、打擾了！」。但我整個人明顯很緊張，聲音變得很小，沒辦法像平常那樣修飾語氣。

在那兩個女高中生中，其中一個人戴著閃亮亮的三角帽，另外一個戴著有附鼻子的搞笑眼鏡。很有文化祭的感覺。

等水澤確認那兩個人的目光都放在我們身上後，他指著其中一個女高中生戴的鼻子眼鏡開口。

「這個跟妳真——的很搭。」

水澤莫名用特別強調的語氣說出這句話，結果戴著鼻子眼鏡的女孩就發出輕笑。

「咦——聽起來一點都不開心——」

「不不，給人的感覺明明就很嗨。」

「是這樣嗎？咦，你是哪位？」

感覺女高中生又比剛才更退一步了。我提心吊膽地聽著這段對話，臉上帶著淡淡的笑容。為什麼水澤能夠像這樣臉不紅氣不喘地說話。

就連戴著三角帽的女孩子也反應不佳。雖然看著我們笑，但感覺狐疑的成分更高。嗯，原來有時還會遇到這種情況啊？好吧這也在情理之中。

這時水澤指著眼前的景色，逐步打造輕鬆的閒談。

「啊，妳們已經去看過那邊的鬼屋了嗎？」

「咦，還沒去呢——」

「那裡的可怕程度低到嚇人，我覺得妳們可以去看看。」

這話讓戴著鼻子眼鏡的女孩子不小心笑出來。

「不對，不夠恐怖就不行吧！」

「哈哈哈。因為妖怪之類的都被人看得一清二楚才會那樣。」

這話一出就讓氣氛緩和下來。這傢伙來真的啊。就算對方一開始不怎麼買帳，但還是能逐步突破對方的守備。

後來我就只能在旁邊一直看……不對，我應該也要說點話比較好吧。

說真的，我實在沒有這方面的經驗，照理說我八成辦不到，然而我好歹是決定要攻略人生的玩家。去挑戰新事物來累積經驗值也很重要吧。雖然這個關卡明顯超出我目前適合挑戰的等級，但那可是水澤特地為我準備的舞臺。

因此我決定稍微來有樣學樣一下，試著做看看。

「沒、沒騙妳們，真的不恐怖！」

「咦——是這樣啊～」

我那句話很微妙地結巴卡頓，戴著鼻子眼鏡的女孩就隨便回應一下。感覺對話的氣氛都沒有炒熱。看樣子進展不順，這也難怪。

「對、對啊！這反而讓我嚇一跳……」

「反而嚇到啊——」

於是我再次發動現充好像都會隨便拿來亂用的語句「反而」，但還是徹底遭遇挫折。總覺得對方的反應不是很理想。看來我可能有某部分不如水澤吧。不，我目前要挑戰這個還是不夠格。

基於這點，與其說些低等的笑話，我還不如專心在旁邊觀察那些高段位的對話，如果有機會插嘴再插話，我決定改成用這種方式應對，否則我的心靈承受不了。

「有沒有遇到不錯的店鋪？」

「嗯——……啊，九宮格射擊遊戲還滿好玩的～」

「咦——還有那種店面啊？有什麼獎品嗎？」

「有啊——全部打下來就能拿到 iPhone 保護殼。我沒打中，所以拿到這個。」

女高中生說完就拿下自己戴的鼻子眼鏡讓水澤看，感覺他們的聊天已經開始上軌道了。

「哦——這就是獎品啊。」

緊接著水澤若無其事地拿起那個東西，專心看著。

「感覺便宜連鎖雜貨店 Donki 好像常常會賣這個。」

「啊哈哈，真的。」

在旁邊觀望這段對話的我突然有個想法。就算沒辦法像水澤那樣巧妙搭訕，還是能夠藉此機會完成日南出的課題。

於是我就試著說了這番話。

「那、那跟水澤也很搭吧？」

即便說話有點結巴，這樣應該還是有裝出算輕鬆的語氣才對。

緊接著水澤就笑著把鼻子眼鏡戴上。

「如何？」

「啊！好適合喔！」

「出現了，讓人高興不起來的傢伙。」

「啊哈哈。」

「真、真的耶，這跟水澤超搭。」

「就是說啊！」

「喔，就連文也都跟著亂講？」

只見水澤笑著看向我這邊，因此我也努力做出開朗的回應。

「才沒有，真的很搭！要不要拍張照片？」

我邊說邊開啟智慧手機的相機。

對。雖然跟日南想像的應該有很大落差，但「鼻子眼鏡」應該也算得上是堂堂眼鏡的一員。因此拍下這個就能完成課題……嗯，感覺好像在詭辯。

「哈哈哈，這樣也不錯。那就拜託你了。」

水澤邊說邊開開心心讓我拍照。而且他還說「一起拍一起拍」，不著痕跡拉著給他鼻子眼鏡的女高中生一起入鏡。這、這傢伙。對了，另一個女高中生看起來無所適從，不知道眼下該怎麼反應才好。

「來──我要拍了──」

「好喔──」

「好──」

這下我就成功拍到戴著眼鏡的水澤。這、這樣應該ＯＫ吧，日南同學。

「拍起來怎樣？我看看。」

水澤邊說邊看我的智慧手機螢幕，笑得很開心。

「拍起來感覺不錯嘛！」

「咦──我看看～？」

於是水澤跟那個女高中生就看著這張照片，感覺有些樂在其中。緊接著──

「ＯＫ──那之後再傳照片給妳。用什麼傳比較好？」

「啊，那就用LINE吧～」

就連為了本人課題拍下的照片都被回收過去，當成用來交換LINE的「藉口」。

我說這人未免也太強了吧？

＊＊＊

事情就是這樣，我去參觀小鶇他們班的鬼屋和水澤的搭訕秀，一回過神，時間已經來到傍晚。

在那之後水澤還是到處把妹，他基本上都在享受文化祭，明明只利用空檔把妹，最後還是弄到大約十個人的 LINE 帳號。若是專心做這檔事，這個人應該輕輕鬆鬆就能把到二十或三十個妹吧。

而接下來，我們目前已經離開校舍，在校門前的公車站等公車。

「哎呀——真想多看看文也搭訕的樣子。」

「不、不用了，被抓去搭訕一次就已經夠了……」

「哈哈哈，是嗎？」

該說就連那一次，要現在的我上陣也言之過早。

「目前的我在等級上還是有點不足呢……」

「以文也目前的等級來看啊……」

水澤重複我的話，先是稍微若有所思地朝斜上方看去，接著繼續開口。

「你應該有在看書，做過不少嘗試吧？像是改造自我或者提升水平等等。」

「算、算是有。」

其實那些都是日南教我的，那傢伙曾經說過「我的腦袋裡頭有著人生攻略本」

之類的話，就這點來看，我應該沒說錯才對。

「總之──那類書籍往往會講到女孩子是一種愛講話的生物，所以我們最好當傾聽者？去問跟對方有關的問題，然後讓對方說話，印象中好像都是這類微妙的內容吧。」

「啊──……好像是喔。」

其實我並沒有看過那類書籍，所以不清楚，但還是順著他的話講好了。還有在日南教我這些具體技巧之前，她曾說我的根本問題就是說話方式太灰暗，這部分太悲哀，就先不提了。

但他剛說「內容微妙」究竟是怎麼一回事。

「那個──難道書寫錯了嗎？」

對我這麼一問，水澤「嗯──」了一聲，稍微猶豫了一下。

「不，我認為並沒有寫錯。只是就我個人經驗來看，那些不完全是正確的。」

「雖然沒錯卻不正確？」

水澤點點頭。

「跟女孩子在一起的時候，讓兩人在一起的那段時間變成快樂時光確實是最基本的。因此巧妙聽取對方想說的話，這是讓對方開心的重要技巧之一。」

「原來如此。」

「只不過光靠這個，還是差了一點。」

「意思是還需要其他的？」

只見水澤點點頭。

「當個良好的傾聽者，把場面維持住，這樣是能讓對話成立沒錯。然而如此一來只是不會扣分而已，沒辦法發展成男女關係。」

「男女關係……」

他、他說的男女關係是到什麼程度……

「你應該懂吧？」

「算、算是有點概念。」

我怯生生地點點頭。

「說得更簡單一點──光只是那樣沒辦法把對方追到手。」

挑起單邊眉毛，水澤悠哉地頓了一會兒，接著這麼說。這句話表面聽起來沒什麼，背地裡卻不簡單。

「好、好像是那樣沒錯……」

而那份魄力逼得我接受這個說辭。這就是現充嗎？話說虧他一個高中生能夠輕鬆將「追到手」說出口，看這多到滿出來的自信，那就是至今為止當花花公子的經驗差別嗎？

「只要聽對方說話，對話就會成立。然而最後想要提升對方對自己的好感，順利追到手，那就必須讓對方認為自己是有價值的人。」

「有價值的人……是嗎？」

總覺得要讓對方如此高估自己，難度異常的高。

「換句話說，所謂的男人——只表現出無害的樣子是不行的。」

「無害……」

總覺得這句話莫名刺中我。

水澤似乎越說越來勁，表情充滿魅力地變化著，像是要將對方吸引過來，他接著說道。

「那樣只能當朋友。」

「也就是說必須稍微主動一點是嗎？」

「對對。嗯——鬼正。」

「喂，那是日南在說的。」

當我這麼說，水澤便開心地呵呵笑。

「在傾聽這部分，你已經越來越純熟了，接下來就是要學著進攻。」

「咦？」

那句話讓我下意識感到驚訝，只見水澤一臉意外地圓睜著眼。

「怪了，你自己難道沒發現嗎？最近你問我問題的次數變多了，而且那些問題也特別具體不是嗎？」

「……啊——」

聽他這麼一說，我就很有概念了。自從我跟日南相遇後，整整有半年以上，我幾乎每天都在想跟哪個人要聊什麼話題，再把那些記起來，一旦遇到對方就能夠拿出來用。當然對水澤也是如此。午休時間跟中村那群人一起去吃飯的時候，我更是拿來充分利用。

這些話題都是我先動腦筋想好的，當然會變成很具體的話題。日南流果然厲害。

「而且你也越來越會用自然的方式回應人了。」

「咦，是這樣嗎？」

我用詫異的語氣回問，這讓水澤面露苦笑。

「你連這個都沒發現啊？跟不久之前相比，你回答的音調高低起伏比之前鮮明許多，而且控制在不至於太過誇張的範圍內。」

「……真的？」

「真的真的。」

若真是那樣，那這些一定也是訓練的結果。我會錄自己說話的方式做確認，然後修改跟想像有出入的地方。還會去模仿在電視上說話、很擅長跟人談話的人，還有眼前這位水澤的說話方式，把那些錄音起來反覆修正。

我選擇腳踏實地一點一滴累積，到一般人看了會覺得這樣未免也太矯枉過正的地步，在AttaFami中都是腳踏實地鍛鍊，這些訣竅就直接運用在日南教給我的「人生」特訓方法上。而那會逐漸開花結果吧。

「不過，我都明白。原本是那麼笨拙，什麼都辦不到，卻能夠一口氣提升到這種境界。」

水澤說著，就將手放到我的肩膀上。

「——你是腳踏實地努力，一步一腳印走過來的吧？」

那句話讓我不禁為之屏息。

八成是看到我露出這樣的表情，水澤愉快地哈哈笑。

「很可惜，就算你隱藏起來，我還是看得出來。」

接著他就用食指戳戳我的胸口中心，這個動作有點像日南。

「總之，像你這樣的勤奮傢伙，我並不討厭。」

他換上一種願意接納我的溫和眼神，臉上露出微笑。

「謝……謝謝誇獎。」

「——若是有人跟你說這樣的話，你會有點感動對吧？這拿到女孩子身上也適用。」

「你、你這人……」

「公車來了喔。」

我的心完全動搖了，回答起來結結巴巴。這個花花公子是怎樣。假如我是女的，剛才就完全陷落了吧。

而始作俑者正大步走上公車，看起來游刃有餘的樣子令人恨得牙癢癢。

「等等……」

我小跑步過去追他。討厭這是在做什麼，也太像他女友了吧？

＊　＊　＊

隔天。星期天來了。

結束在卡拉ＯＫ SEVENTH的打工後，我來到位在大宮的某間咖啡廳。

我一個人坐在座位上喝柳橙汁，這時有人從路口那邊啪噠啪噠地小跑步過來，她就是——

「讓、讓你、久等了。」

在有著蓬鬆灰毛的溫暖外套下，穿著白色柔軟針織衫的妖精出現在那兒。這個很有女孩風情的洋裝跟她相配到令人害怕的地步。

「嗯、嗯嗯。」

我回答的時候，一雙眼睛都定在她身上。

對。今天我跟菊池同學在各自的打工結束後來到大宮集合，要討論跟戲劇有關的事情。

菊池同學就座後點了紅茶。

過沒多久，當紅茶送過來，我們兩個人也鬆了一口氣。

「那接下來、呃——該從哪邊開始講起呢。」

我先起個頭，接著菊池同學就對我點頭致意。

「那個，星期五的事情，很感謝你。」

「嗯？」

我一時間沒會意過來，結果菊池同學就小聲說著「感謝你跟班上同學說劇本的事情……」原來在說這個啊。

「那沒什麼大不了的，妳別客氣。一方面是我自己也想這麼做。」

我率真地表達想法，這讓菊池同學用有些訝異的表情看我，最後再次露出有些成熟的微笑。

「……雖然是這樣，還是要謝謝你。」

想必菊池同學自有她的一番道理吧。

「……嗯。」

於是我也敞開心胸接受她的道謝。

再來我們開始聊班上演戲的事情。

「下禮拜也差不多該開始決定誰要演什麼角色了……」

「這、這麼說也對。」

聽我這麼一說，菊池同學看似緊張起來，雙手的手指交纏在一起。嗯，那這下就必須要由我來引導談話了吧。

「之前提到的大綱，妳有做好帶來了嗎？」

「啊，有的。我弄好帶來了。就是這個。」

菊池同學從手提包取出資料夾，裡頭放了幾張紙。

她從中拿出一張交給我。

「謝謝，我看看……」

我開始看拿到手的那張紙。上頭除了將短篇故事內容整理成淺顯易懂的大綱，還有整部戲劇的簡潔統整資料，包含要演出的角色介紹和特徵，登場次數多寡還有臺詞分量等等。

嗯，不只是大綱，就連角色介紹都寫了，她會弄這個是考量到大家之後要決定誰演出哪個角色吧。菊池同學果然連細節都能顧及。

「噢噢……看起來很不錯。」

「真的嗎？」

我點點頭。感覺我好像變成評審了，這樣未免太放肆，但我這也是為了讓事情進行下去，身不由己呀。神明大人，請您原諒這麼囂張的弱角。

「嗯，看了這些，就算沒有將故事整個看過一遍，我想也能方便大家分配角色。」

接著菊池同學也拿出一張她自己要用的紙。

「隨著演出者的選定，劇本氛圍也或多或少需要做些改變吧……」

「這個嘛……我懂了，搞不好喔。」

老實說，她說的那些話早已超過我的思考範疇，因此我才給出模稜兩可的回應。但這麼說也對，在短篇故事裡頭呈現的短篇是那個樣子，然而這次我們卻是要班上同學一起演出一場戲劇。因此也可以隨著演員來改變作品味道是嗎？

「好的。那我們可以在舞臺上表演的時間大概有多長？」

「咦，我也不曉得。要去確認一下。」

「若是要改短一點，那可以刪減的部分……」

菊池同學邊說邊專注地垂下眼眸。跟在看書時的柔和氣質截然不同，那側臉看起來很伶俐。

看到這樣的她讓我感到意外——也不全然是這樣，總之讓人感到新鮮。菊池同學總是很冷靜，退一步從客觀的角度觀察各種事物，給人這樣的印象，如今在處理劇本，雖然沉靜，但又帶著顯而易見的熱度。

那身影莫名讓人感到眩目，讓我呆呆地凝視那張側臉。

菊池同學打造出來的世界正要向外擴展。

那麼，為了幫助她，我能夠做的又是什麼？

對於創作故事，我沒有半點想法。

對戲劇也一竅不通。

但即便是這樣的我，也能做些什麼。

我稍微思考一會兒，最後得出一個結論。

就因為我開始習得用來攻略人生的技能才能得出這番結論。

對，我能做的就是把這位菊池同學隱含的熱量——

轉譯給班上所有人吧。

＊　＊　＊

關於大綱和角色設定的書寫方式等等，我們都大致討論一遍，最後話題轉向整個文化祭上。

「文化祭很讓人期待呢。」

我說出最近已經完全深入我心的真實心聲。之所以沒有說「令人期待對吧」，用這句話徵詢對方同意，那是因為我知道世界上還存在別的價值觀，那就是某些人並不期待文化祭。

不過菊池同學對我露出微笑。

「是啊……我很期待。」

緊接著她就好像發現什麼似的，輕輕地開口。

「總覺得很不可思議。」

「不可思議？」

經我反問，菊池同學點點頭。

「直到去年為止，我都不關心文化祭……但沒想到只要像這樣稍微涉足，看法就會有那麼大的改變。」

「……我懂。」

我也記得這種感受。

的確，若情況改變，看到的景色也會跟著改變。自己換個立場，眼前又是另一番新風景。

不過，更能讓眼前景色出現變化的，其實是自己的內心。

「總覺得我能明白。」

「嗯……我就在猜友崎同學大概也走過一樣的路吧。」

在那之後，菊池同學雙手交疊，臉上洋溢著溫和的微笑。

此時我突然想到一件事情。

「對了。」

只見菊池同學不解地看著我。

「要不要一起拍照？象徵接下來會為這場戲劇努力，連同這張寫了大綱的紙也一起入鏡。」

當然這一部分是為了課題，但一方面我也想將這個瞬間拍成照片。嗯，我稍微能夠理解某些人想要狂拍照片的心情了。

「拍照……」

菊池同學似乎有點顧慮，但她最後點頭答應，臉上帶著微笑。

「好啊。」

「那、那好。這就來拍……」

我講完就開啟相機，不過——還有那個問題存在。雖然我們目前隔著一張桌子面對面坐，但要一起入鏡拍照，這樣是不行的吧。

那眼下就只能努力看看了。

「呃——換坐那邊可以嗎？」

菊池同學坐在沙發上，我指著旁邊的位子，她先是瞬間錯愕地歪過頭，接著就慌慌張張開口。

「是、是說要坐……我旁邊？」

她的聲音莫名顫抖，語尾淡化消失。那雙眼睛有所顧慮地看著我，上頭長長的捲翹睫毛蠱惑人心。

「嗯、嗯。」

彷彿被她的緊張傳染，我用很抖的聲音回話，之後菊池同學似乎暗自下了決心，她點點頭，在椅子上稍微往旁邊挪動一點。雙手放在膝蓋上交握，全身僵硬。

「那、那就……」

我也下定決心起身離開座位，坐到菊池同學旁邊。

這是至今為止離她最近的位置。

在距離我幾十公分的地方，那個如夢似幻的妖精就在身旁。

淡淡的溫和香氣強烈刺激著我的鼻腔，變得有些紊亂的氣息擾亂了心跳。

接著我開啟手機相機，調整位置好讓兩人入鏡。

就在這個時候。

「——啊！」

在沙發上頭，我們兩人的手碰在一起。

「抱、抱歉。」

「那個——沒、沒關係。我也……」

我們兩人快速將手抽回，令人難為情的沉默流淌著。

為了圓場，菊池同學慌亂地拼湊字句。

「那、那個，我們要拍照、對吧。」

「對、對對！要拍照！」

「好、好的……」

「嗯、嗯嗯……」

之後我一直不敢看她的眼睛，順利拍下照片。這下課題就ＯＫ了，但眼下不是為那個高興的時候。

「那、那麼，之後我再傳給妳。」

「好、好的……」

情況就是這樣，我們兩人的呼吸和言詞都亂了套，結結巴巴地對話著。

因為——我可是嚇了一跳。

之前都覺得菊池同學很像天上仙女，但跟她碰到手的時候。

菊池同學身為人的體溫初次透過指尖傳遞過來，感受到菊池同學存在的當下——

我的臉燙到無以復加。

＊　＊　＊

時間來到星期一早上。地點是第二服裝室。

自從被出課題之後，今天是第七天的早晨。換句話說，來到拍照任務的最後期限日。

「情況很順利嘛，還有很多人『按讚』呢。」

「算、算是吧……」

我跟日南一起觀察上傳到 Instagram 的照片動態。尤其是星期五拍的照片，雖然跟竹井上傳到 Twitter 的照片重複，但可能是照片本身不錯的關係，獲得的迴響比其他照片更好。雖然差別只是兩人按讚跟六人按讚。

「沒想到你會交出他戴附鼻眼鏡的照片。」

「對、對不起。」

面對用滿滿挖苦語氣說話的日南，我感到惶恐。但既然她都說ＯＫ了，那這樣就好。

順便說一下，星期日跟菊池同學一起拍下的照片並沒有上傳。雖然為了課題有給日南看，但菊池同學說不希望我上傳，所以只做到這邊。說真的，若是把那張照片上傳到 Instagram 上，就連我都會感到害羞，所以我才想避免上傳。

「照這個樣子進行下去，即便沒有跟某些同學當面告知帳號，他們也有可能過來追蹤吧？」

「……是有可能。」

沒錯。是這幾天才開始的。不知是看誰按讚才連過來，也不知道是看誰推薦才過來的，但好像有被幾位同學加入追蹤。但即便如此，追蹤人數還是只有十二個人。是日南的三百分之一。

「接下來……話說我還挺驚訝的。雖然有叫你積極參與文化祭，但沒想到你還會提議用菊池同學的劇本來演戲。」

日南對徒弟積極主動的態度很滿意。

「這個嘛，就算沒把課題算在內，那也是我想做的事情。」

「……哦？」這讓日南皺起眉頭。「算了無妨。只要就結果而言有接近目標，那過程如何都無所謂。」

「說得對。」

我點頭表示認同，同時突然有點在意某件事情。

出來的結果有朝目標靠近就行，這點我認同，而日南基於那種想法來干涉我的行動，這我也已經習慣了。

但我心中冒出一個念頭。

為什麼這傢伙不惜做到這種地步也要助我達成目標？

一開始我們是 nanashi 對 NO NAME，而我也不知不覺隨波逐流，但她卻像這樣認真起來、持續跟我接觸。

這對日南來說到底有何意義？

「我問妳，日南。」

「……什麼事。」

看我鄭重其事地叫她，日南對應的時候有些警戒。就算只是些微不對勁的感覺，這傢伙果然也不會漏看。

「這是題外話，但某件事情讓我有點在意。」

「你說。」

「妳之所以大力助我成為現充，理由是什麼？」

被我這麼一問，日南用狐疑的表情盯著我看。

「怎麼了，突然問這個？」

「沒什麼，只是有點好奇……」

我這話讓日南用頗感意外的語氣如此詢問。

「……你不記得了？」

「不記得什麼？」

在我反問之後，日南小聲說「一開始跟你相遇的情形」。

「nanashi 跟 NO NAME 最先相遇的時候。我是聽你說了什麼才把你帶到我家。這你不記得了？」

「……這個嘛。」

見我支吾其詞，日南口中吐出小小的嘆息。

「當時你說過，『在人生中沒辦法換角』、『這就是角色差異』那類話語。」

「啊啊。」我想起來了。「印象中有說過類似的話。」

而如今我有所成長，成長幅度大到足以彌補角色差異、幾乎可以說是換個角色了。就這點而言，或許我說的並不正確。

「沒錯吧？聽到那些話，我就想證明自己是對的，只是這樣罷了。」

「……這樣啊。」

雖然明白她想說什麼，但還是有種無法完全釋懷的感覺。日南為了這個願意花那麼多時間——感覺那種行為並不符合這傢伙徹底奉行的效率主義。

「這是怎麼了，擺出那種不能接受的表情。」

「沒、沒什麼。」

緊接著就像平常那樣，瞬間就被她看穿我在想什麼。

「我討厭輸給別人。你還記得嗎？」

「聽妳這麼說，是有印象。」

除了我是 nanashi 這點，在對人生這個遊戲爭辯觀點上，她也不想輸給我，日南指的是這個吧？如果是這樣，那這傢伙輸不起的程度就超乎想像了。還是說有其他的理由？

「總之，那些事情都不重要。更重要的是你決定要找誰了嗎？」

「這是在說……那件事情吧。」

也就是面對自己的心情，看要選誰當攻擊對象。

「對，這是在問你想跟誰交往。是你說想面對自我，我才特地給你一個禮拜的時間喔？你應該有好好思考過吧？」

日南說這話的語氣簡直就像在拷問人，令我退縮。

「這個嗎……算是吧。」

接著我點點頭。

並非我已經痛下覺悟和決心。然而這幾天以來，對於自己究竟想怎麼做，我自認都有想過了。

「是嗎？是說原本就決定給你一星期，我並沒有催你的意思，但這只是為了謹慎起見，那在明天早上之前，你要找出答案。看哪兩個女孩子才是你想要的。」

「我、我知道了。」

日南說到兩個人的時候還特別強調。這部分果然是很必要的。

「那今天就是拍照任務的最後一天了。你要喀嚓的卯起來加油。」

「就不能別用狀聲詞嗎……」

於是我就開始進行最後的拍照任務。

＊　＊　＊

「軍師——！」

在教室裡頭，一大清早就很有精神的聲音從背後傳來。這下糟了。深實實第二式攻擊要打過來了。但知道她要做什麼，我就有辦法閃避！

「喝！」

「太天真了！」

「好痛!?」

配合我的迴避動作，深實實還是用第二式攻擊炸在我的雙肩上。

轉頭看發現深實實正在呵呵笑。

「你的動作還是太慢！」

「不，是過來攻擊別人的人太奇怪吧⁉」

聽我這麼吐槽，深實實笑著說「的確！」。

「話說軍師！我很看好你的吐槽功力，有事想拜託你！」

「什、什麼事。」

我心中有種不祥的預感，等著深實實接話。

「其實就是……在文化祭上，我們田徑社談到要表演搞笑相聲！」

「嗯、嗯……」

聽到這邊，不祥的預感幾乎轉變為肯定。

「我打算負責耍笨，但昨天小玉拒絕擔任吐槽角色！」

「不對吧，小玉玉不是排球社的嗎……」

「我已經得到許可，說配合的人不是田徑社成員也沒關係！因為田徑社都沒人想演！」

「這、這樣啊。」

聽起來讓人有點不捨。但一般人都不會想表演搞笑相聲吧，要門外漢來表演應該也滿難的。

「所以說！我想要拜託友崎來吐槽！」

「原、原來是這樣啊。」

這下我頭大了。因為深實實用很大的音量說這些，因此這段對話肯定被日南聽到了。

也就是說在這個時候拒絕，她是不會允許的。嗯。

「好、好是好……」

「哎呀別這樣，拜託你就行行好……咦⁉」

看到我心不甘情不願地答應，深實實非常驚訝。

「不是吧，拜託別人，看對方答應了卻感到吃驚，別這樣好嗎？」

「因為你答應得好乾脆！」

深實實說完就得意地挑起單邊眉毛。

「我說友崎，你已經上癮了吧？開始沉迷於跟我表演夫婦搞笑相聲！」

「不，完全沒這回事。」

「咕哈——！」

深實實邊說邊用力按住胸口。她還真嗨。拜託別用力按那個地方，我會不知道眼睛該往哪裡擺。

不過，這樣好嗎？我是因為必須積極行動才二話不說答應，但真要表演搞笑相聲並不容易吧。

「但我們沒什麼時間能夠練習不是嗎？班上那邊還要演戲。」

「總會有辦法的！包在我身上！」

「喔、喔喔……」

這樣不行……絕對不能包在她身上。

「那、那個——那我們下次再找機會好好討論吧。」

看來我也需要想個好點子。嗯，這下該怎麼辦才好。

「也好！那就這麼說定了——！」

「ＯＫ——」

「那先這樣啦！」

就這樣，深實實三步併作兩步衝到小玉玉那邊，從後面抱住她。這是怎樣。候鳥嗎？

這下慘了，我轉眼間就答應要表演搞笑相聲。不僅當上文化祭的執行委員，還要去支援處理戲劇的菊池同學，再來是跟深實實表演搞笑相聲。咦？這是什麼情形。我好像變成大忙人了？完全超出負荷了吧。

＊　＊　＊

放學後。我們班開始針對演戲的事情進行討論。

黑板前面站了四個人，分別是當上執行委員長的泉，總是負責書記工作的瀨野同學，還有負責劇本的菊池同學，接著就是原來提案人我。黑板前方的人口密度比之前還低，因此集中在身上的視線數量變多了，緊張度三級跳。我想突然被下放到這種環境的菊池同學，緊張程度肯定超乎想像。

「那我們就來決定扮演者吧——」

大概是習慣當司儀了，泉跟大家喊話的語氣比之前輕鬆幾分。只見瀨野同學在黑板上寫下「角色分配」。

「對了，剛才發下去的大綱，大家都看完了嗎——？」

面對泉的確認，班上同學紛紛回答「看完了——」。之前菊池同學有先製作大綱，我們只對一些細部做了微妙的修正，然後再按照班上人數影印分發。

這時泉的視線突然流暢地轉向菊池同學。

「那麼……主要角色就是艾爾希雅、利普拉跟克莉絲這三個？」

「……那、那個。」

「對，那三個人是主要角色。」

為了掩護突然被人問話一時間不知如何回應的菊池同學，我自然而然就裝出輕快的語氣，回答泉的問題。

「OK——！那就先從這個部分開始決定吧！」

當泉用開朗的語氣說完，菊池同學就一臉抱歉地仰視我。喔不沒關係，菊池同學，從今天開始這也是我的工作，妳別放在心上。之前獲得一些技能，要用來讓菊池同學的戲劇演出成功，那也是我自己想做的，會用在這個上面。

透過瀨野同學的手，黑板上寫了艾爾希雅、利普拉和克莉絲這幾個字。

「不過——該怎麼決定比較好？」

泉用困擾的語氣這麼問我。說得也是。是有透過 LINE 來分享原稿，但才過一天而已，應該不是所有人都把原稿看完，我想決定起來也不容易。

「看過原稿的人就照故事給人的印象去想，還沒看的人就透過角色介紹想像，看分別要找誰演比較合適，這樣決定應該可以吧？」

「啊——有道理！那我們就先從艾爾希雅開始吧！」

泉說著就看向菊池同學。

「……對了，那菊池同學在角色形象上是否已經有定論了？」

「這個……現在是要選艾爾希雅對吧。」

艾爾希雅。身為王族直系血親的女王候選人，跟鎖匠之子利普拉是青梅竹馬的少女。

雖然大家都在看菊池同學讓她不知所措，但看樣子她已經比剛才平靜一些。而我不方便代替她回答這個問題，菊池同學妳要自己加油了。

「大概就是要找夠優秀、夠聰明……講話夠有力的人吧。」

聽完菊池同學說出的角色形象，班上同學應該都開始找自己心目中合適的人選了吧。目光自然而然集中在某個人身上。當然我也不例外。

「要說講話有力，那就是……」

這話出自班上愛運動的男子團體成員橘。而他話裡說到的人是指誰，這已經用不著多做解釋了。

當事人為過分集中的視線苦笑，她輕輕地舉手，用過分有力的語氣和揶揄表情開口道。

「這麼說來——大概就只有我符合了吧？」

這句話自信到很誇張的程度，班上同學聽了都笑出來。那傢伙會用這種小小的說話技巧和用詞表現巧妙引人發笑，真厲害。這些話只要稍微說錯就會讓氣氛變得非常詭異，在用字遣詞上的微妙拿捏精準無比。嗯，說話真的非常有力。

「的確……簡直就像在說葵，不選她不行！」

只見泉開開心心地說了這番話，日南則是帶著無奈的笑容。

但這麼說也對，像是在序章對身為國王的父親大言不慚，為的是幫助利普拉，感覺這個角色就很適合日南。這樣分配角色非常妥當。

「可是葵，那樣不就會跟學生會長的工作重疊？沒問題嗎？」

看泉在擔心自己，日南嘴裡「嗯——」了一聲，稍微想了一下。

「有的時候或許沒辦法過來練習，到時就請大家找人代替來做練習！我只要拿到劇本就有辦法搞定！」

她說得斬釘截鐵，這話還真是強而有力呀。我想大家都會認為日南有辦法解決，應該會答應。反正她在演技上肯定也沒問題吧。

「ＯＫ——謝謝啦！若是沒有其他人選，就這麼決定了！」

之後沒有其他人舉手提議，艾爾希雅這個角色三兩下就決定由日南演出。再來就剩利普拉和克莉絲。

「那麼接下來……有關於利普拉的形象敘述嗎？」

泉又向菊池同學提出問題。

利普拉。他是鎖匠的兒子，一個平民少年。打開有飛龍的庭園門扉，為了避免被處刑，這個少年就跟艾爾希雅「變成姊弟了」。

被人這麼一問，不知菊池同學是否對別人的提問早有準備，她不慌不忙，慢慢地開口。

「利普拉……他好奇心旺盛，很容易跟人親近……」

「那不是在說我嗎!?」

結果竹井自己跳出來回話。別這樣。光看特徵確實是滿符合的，但別這樣。竹井不要啊。

「還有，要夠聰明……」

「那、那就不像我了……」

而接下來舉出的特徵讓竹井消沉下去。竹井你很了不起喔。很有自知之明嘛，竹井。

「我想他應該是這樣的男孩子。」

面對這樣的角色形象，班上同學心中似乎都沒有浮現完美契合的人選，並沒有像日南那個時候一樣，目光都集中在某個人身上。好吧也是，就連我都想不到找誰才是最合適的。

這個時候就要大家推薦或是毛遂自薦，大家推舉水澤、籃球社的橘，還有我很少跟他說上話的柳澤，看起來都是比較會運動的男生，竹井則是自告奮勇出來當候選人。雖然曾經意志消沉，但竹井你復活的速度還真快。不過我覺得大家不會選你，竹井。

「那麼——就從這些人之中選出適合演利普拉的人吧——」

於是我們接下來就要投票表決。說真的關於要選誰，我認為情況很微妙，缺乏關鍵誘因，但之前稍微聊天給我的印象，讓我覺得橘是最接近角色形象的，所以就投給他。其實選水澤也可以，但感覺水澤很會跟女人周旋，太過輕浮了，好像不適合演利普拉。畢竟利普拉可不會去找女人搭訕。

但就投票情況來看，有一半以上都像是在搞人氣投票，結果水澤獲得二十四票，由他出演利普拉。在女性票數上獲得壓倒性的支持度。這、這傢伙……

「嗯——這個角色要給我啊——？雖然這麼想，但既然大家選我，那就包在我身上吧！」

先讓大家以為他沒什麼意願，然後再說出很可靠的話，感覺超可靠的。這也是水澤的招式之一……？

但我覺得這樣也好。畢竟在學生會選舉的時候，水澤在演講上的表現自然不用多說，非常幹練，就他演技很好這點來看，讓他演戲也可以說是正確的選擇。

然而像這樣決定好演出人員之後，會覺得現實感越來越濃厚，讓人感到興奮。菊池同學寫的故事真的要被班上同學拿去演戲了。

至於演出成員，我們有日南跟水澤。他們的演技用不著擔心，這對俊男美女要變成兩個主要卡司。搞不好其他班級的接受度也會變得很高。

「那接下來換克莉絲——她的形象是什麼樣子的？」

克莉絲。對外界一無所知，為了養育飛龍被隔離在庭園裡，是一個孤兒少女。

菊池同學稍微想了一會兒，接著開口。

「雖然克莉絲膽子小，但她個性率直又天真，是有點孩子氣的女孩子……大概是這樣。」

大概是逐漸習慣了吧，菊池同學用不怎麼緊張的語氣說明。

班上同學又開始尋找符合形象的人選，進而舉薦。

他們推舉出泉、深實實、小玉玉和日南集團的女孩子，名字叫做上原同學，總共四個人。沒有人自我推薦。也對，若條件是天真無邪，那樣就很難毛遂自薦了吧。順便補充一點，當有人提出小玉玉的名字推舉她，我還以為小玉玉又會堅定拒絕，但她並沒有那樣，一直很安分。這表示可以選她吧。

這時泉有點困惑地開口。

「我、我也入選了……？那、那就從這裡頭選出最像角色的人——」

於是我們開始表決。

表決結果出爐，小玉玉獲得十五票，是她被選出。還有泉也得到十一票，雙方算是勢均力敵。

「我、我嗎？」

小玉玉說話的時候語氣驚訝。大家都露出蘊含祝福意味的微笑，就這樣看著小玉玉。眼神之中並沒有任何敵意，或是加害她的意思。

不過，這可厲害了。要率直又天真，還要有點孩子氣。這部分確實跟小玉玉吻合，但之前那些特徵都沒有被大家善意接納，小玉玉才會有那種遭遇。如今卻在這裡得到最多的票數。被徒弟大幅度超越，為師很高興。

情況大概就是這樣，主要角色都分配好了。

身為主角的前平民，同時也是鎖匠的兒子，利普拉由水澤飾演。

跟利普拉是青梅竹馬，有著王族直系血統的女王候選人，這個強勢少女艾爾希雅則是分給日南扮演。

還有為了照顧飛龍，被隔離在庭園裡頭的孤兒少女，克莉絲分配給小玉玉。

就結果而言，我認為這樣分配角色非常合適。雖然不知道小玉玉在演技上能夠表現到什麼程度，但她在個性上的某些部分跟角色很相近，我想應該能夠想辦法克服。

之後我們進一步分配角色，每個角色都有人推薦，不然就是自告奮勇，選出來的人大多都很合適。

但是在選王城女騎士蕾伊的時候，發生一點小插曲。

菊池同學針對角色形象做出如下說明。

「她很強勢，真的用起劍來也身手了得，而且性格上很會照顧人。」

在說明角色形象的時候，我就有點想法了。

決定的關鍵就是這個，有發給大家記載角色設定的紙，上面寫的說明如下。

「王城的女騎士團長。會基於規矩約束利普拉他們的行為，但碰到事情的時候都會寬容以對，幫助利普拉他們。身高很高，**有一頭金色的長髮。眼神銳利。**」

繼決定艾爾希雅讓日南演出後，大家的目光再度聚集於某個人身上。

那個人用指尖摸著脫色後變成金色的頭髮，有點驚訝地環顧整個班級。

緊接著泉就雙手合十拜託那個人，對她說出這番話。

「拜託妳，能不能扮演這個角色⁉求求妳！繪里香！」

這讓紺野繪里香嫌麻煩地嘆了一口氣。

對。要強勢又要會罩人，有著金色長髮且眼神銳利。

不管怎麼看都是在說紺野。

「好吧，要我演也行……」

她這話說得很無奈，沒想到她二話不說就接受這個角色。哦——原本還以為她會很不爽地拒絕，或是出現類似行為，但沒想到她願意演出啊。是因為身為同伴的泉拜託嗎？還是說她意外地不討厭上臺表演？總之，不管怎麼說她都非常適合這個角色，因此對這場戲劇來說是好事。

「大概就這些角色吧？那麼，我們為被選出來的人拍拍手——！」

泉用已經駕輕就熟的語氣說了這句話，班上同學都開始拍手。

菊池同學則是用感到不可思議的表情看著黑板，用小小的手小聲拍出聲音。

她好像有點呈現放空狀態。

不過，這也難怪。

因為剛才，就在這個瞬間。

原本這個小說只是菊池同學私底下寫的，描繪出來的幻想卻因為偶然機會被我看到，一回過神就發現它變成班上要演出的戲劇，以這種形式擴散出去。

我也明白這種感覺。

只要踏出一步，瞬間世界就變得寬廣起來。

我想菊池同學肯定對此有了切身體會吧。

光只是這麼想像，我就覺得心狂跳不已，就算有點勉強，試著提議果然也是正確選擇，此時我腦海中這麼想著。

＊　＊　＊

晚上討論完畢後。

我跟菊池同學一起來到圖書室。

接下來要請菊池同學花幾天寫出練習用的劇本，為了開會討論這個劇本，我才跟菊池同學一起來這邊。最後剩下的拍照任務是「拍到在吃冰的泉優鈴」，必須想辦法解決才行，但我想泉應該會在學校留到最後，所以只能等回家的時候再想辦法。可不能為了課題就把菊池同學丟著不管。

「菊池同學，辛苦了。」

面對不熟悉的情況，菊池同學八成頭昏眼花吧，我出聲慰勞她的辛勞。突然被下放到那種環境中，當下的精神有多疲勞，我比任何人都清楚，因此這句話是發自內心說的。

「謝謝……有點累。」

菊池同學說話的時候輕聲笑著。那笑容給人很潔淨的感覺。嗯，雖然她八成真的很累，但這種疲勞感肯定很新鮮，我想應該不是那麼令人厭惡的疲勞。

「角色分配的不錯呢。」

「……嗯，跟角色形象也非常相襯。」

菊池同學說話時，臉上帶著溫暖的微笑。

「可是接下來必須寫出劇本……」

「是、是啊。」

我用試圖轉換話題的語氣說道，菊池同學也跟著露出認真神情，像是要振作起來似的，嘴唇閉緊。我這是學日南在開會時的說話語氣。

「故事最高潮的部分還有得想呢。」

「……說得也是。」

對。眼下最大的問題想必就是這個了。

「其他部分就直接拿小說改成劇本……但接下來必須構思出故事最高潮的部分。」

我跟泉確認過上臺的時間，最多只有二十分鐘。就連播送時間是三十分鐘的動畫或連續劇，扣除開頭和片尾曲、廣告等等，大概也只剩下二十分鐘，所以我們可以解釋成表演時間大約有那麼長。

如此一來，畢竟我們的故事本來就是短篇，應該用不著省略太多要素也能做出劇本。

那這下重點就變成最後要怎麼收尾吧。

「菊池同學妳具體上……都是在哪些地方卡關？」

我試著如此詢問。但老實說，就算我這麼問人好了，若要我拿出一些點子來改善故事，我覺得自己也拿不出來。就只能聽對方訴說，將自己的感想如實傳達給她，若是能夠讓菊池同學生出什麼靈感就好了。

「……我。」

菊池同學邊想邊說。

「我最煩惱的是這個，若是利普拉要跟克莉絲或艾爾希雅其中一個人結合……那沒能跟他在一起的那位又該怎麼辦？」

「啊——……原來是這樣。」

這確實是那個短篇裡頭最讓人印象深刻的點之一。雖然這個故事的主軸不是談戀愛，但只要一提到愛情，大部分的人都會把焦點放在那邊。而沒能跟情人終成眷屬的那個角色，或多或少都會讓人同情吧。

雖然只是很小的環節，但我認為會大大改變故事整體給人的印象。那是我這個門外漢的個人看法。

「呃——……那妳已經想好要讓利普拉跟誰在一起了嗎？」

這話一出，菊池同學又看似煩惱地開口。

「這我也還沒定案。很怕去決定……或許是因為這樣。」

「啊——……意思是說。」

菊池同學曾經這麼說過。她喜歡這個故事跟故事裡的角色，因此不想破壞。

「我很怕替三個人的關係做出一個定論。」

菊池同學看往下方。

「自從我想到這個故事後，或許我一直都在為此煩惱。」

「這樣啊……」

那個問題解決起來並不容易。

很怕讓利普拉二選一做個抉擇。但也不會因為這樣就想讓利普拉「跟那兩人都沒結果」吧。雖然認為必須要選出一位，但卻不敢做出決定。

我想這個問題一定沒有正確答案。

「既然如此。」

只不過，就因為沒有正確答案——所以才簡單吧。

我緩緩開口，想要說些話引導菊池同學。雖然不曉得能不能幫上忙，但那是我個人的基準，也是我的看法。

這個問題沒有正確答案。既然如此，那我認為做決定的基準就只有一個。

「——那菊池同學妳個人想選哪一個？」

對。

在這個世界上，很多問題都沒有正確答案。但最後做出選擇，仰賴的都是「個人好惡」，或者「這樣比較開心」這類毫無根據的感覺。我之所以玩 AttaFami 的理由也出自這些。

所以在那個問題上也不用想得太複雜，就靠個人喜好決定。換句話說，基於「個人意願」做選擇是最簡單的，那樣選也是最不會後悔的。

然而菊池同學輕輕地搖搖頭。

「這樣我選不出來。」

「……這樣不行？」

被我反問，菊池同學有些落寞地回應。

「或許我個人也有私心偏好的選項。」

「嗯。」

「不過，一個故事究竟該如何發展，將角色們帶向何方，對那個世界來說才是最理想的。我認為這些都必須要去思考……因此我才會猶豫不決。」

「……要做出對那個世界來說最理想的選擇啊。」

說真的，我從來沒有創作過任何故事，所以我也許是一知半解吧。可是，菊池同學肯定是想用她自己的方式，去正視自己的創作。

「我覺得在這種時候夾帶私情，好像不夠誠懇……」

「嗯——……這樣啊。」

菊池同學用她自己的方式深入思考。而我並沒有太高深的見解，高深到足以反駁。既然如此，我還有說話的餘地嗎？

當我煩惱到一半，此時的菊池同學深吸一口氣。

「那個，友崎同學——」

「嗯？」

我回答的時候完全沒有任何防備，接著菊池同學就正面凝視我的雙眼，問出這樣的話。

「友崎同學，你目前有喜歡的人嗎？」

這下我一不小心就「唔咿!?」地發出怪聲。

「我、我、我、我、我嗎!?」

即使菊池同學臉很紅，她還是用非常認真的表情筆直看著我。

「嗯……就是友崎同學你。」

接著我們視線交會。現在菊池同學的眼睛彷彿少女般純粹，透著純潔的光輝，好像能夠淨化所有看到的東西。

「我、我……我也不曉得。」

是說目前某人正好給我一段時間，讓我去思考這個問題，當然那不能說，我就只能含糊帶過。也不能直接說出差點在腦海中浮現的名字。

之後菊池同學看起來好像有點失望，小聲說著「這樣啊」，然後再一次對我投以熱情的目光。

「那假如，假如對你來說很重要的人有兩個以上——」

「……嗯。」

菊池同學那形狀漂亮的薄唇微微地動了起來，有著不可思議的力量。

「假如你只能從中選出一個──」

這股力量應該不是魔力，肯定單純只是言語帶來的力量。

「──到時候，友崎同學要怎麼從裡頭選出那個人呢？」

這句話一語點醒我。

像是在溫柔攪拌沉在我內心深處的東西。

彷彿是在確認那些沉澱物。

面對這個問題，我一時間不能言語。

感覺至今不曾有過的感情就要浮上檯面。

那個問題對現在的我來說，真的好難。

「如果要如實回答，我想……」

菊池同學問我這個問題是很認真的。

她是很內向的女孩子。因此要問同班的男生戀愛問題，那應該是非常消耗體力的。

那我就不應該說謊，不能拿理想論、藉口，自己的目標當答案，而是要將自己目前真心所想的、擁有的感受、心中懷抱的一切都傳達出去吧。我是這麼想的。

因此我決定負起責任，為了看破藏在心底的那份情感，深深地下潛──接著我找到了，想必那就是至今為止都會不由自主逃避、不願正視的感情。

可以用來回答菊池同學的問題。

而我想那必定也是用來回答日南課題的答案。

雖然這個答案連我自己都感到羞愧——但事情就是這樣。

「基本上，我——在下根本沒立場去選擇別人，我是這麼想的。」

對。

就是這個。

說出這句話的時候，我也捕捉到真相了。

「……那個。」

菊池同學一臉困惑，話說得吞吞吐吐。

日南問我好幾次，看我到底要選誰。

甚至假設對方主動告白。

即便如此我還是保留答案，最根本的理由就是這個。

當然一方面也覺得還不清楚自身心意就做出選擇，這樣不夠誠實。

然而影響更深遠的是——

——這十七年來在心底根深柢固扎根的弱角本性。

別人都不會選擇我了，我哪有資格去選擇別人。

比喻起來就只是掉在路邊的無害石頭。

再也沒有其他的了。

所以要我去選擇誰，要我負起責任去跟其他人的人生搭上線，那我做不到。不能那麼做。

因為我只有辦法對自己的人生負責。

那就是根據我的、根據自己的弱小之處——延伸出的絕對感覺。

所以那個時候，日南跟我假設對方來告白的時候。

問得太過直接雖然讓我感到難為情，但更多的情緒支配心靈。

那就是難以言喻的歉疚。罪惡感。

像你這樣的弱角還去選擇別人，少在那得意忘形——我聽到這種不存在的臭罵聲。

也就是說，那肯定都在左右我對「人生」的看法，是身為一切前提的無能感。

我心中一直有這樣的感情存在。

聽完我這番說辭，菊池同學一時間無言以對。

「……原來是、這樣啊。」

雖然不曉得她能夠看穿我的想法到什麼地步，但菊池同學正一臉凝重地點頭。

「嗯，所以說，說真的我覺得那個問題很難……不好意思。」

我知道自己的聲音正逐漸失去朝氣，然而我也無法掩飾這點。就好像某個開關打開了，自己心中黑暗的部分滿溢而出，止都止不住。

「……我明白了。」

之後我們之間出現一陣短暫的沉默。氣氛有點沉重，跟菊池同學在一起的時候，似乎是第一次出現這種感覺。

我又像這樣，將自己心中討人厭的部分暴露給菊池同學知道。

「……嗯，抱歉。」

那讓我感到很歉疚，因此至少要說聲抱歉。

後來我就跟菊池同學一起離開圖書室。

＊　＊　＊

拿著書包回到教室後，那裡有深實實、泉和中村集團成員等人，留下來的主要都是執行委員，正在製作漫畫咖啡廳要用的看板，還有設計菜單等等。

「嗨嗨——小臂辛苦啦——！」

「噢，辛苦了。」

我努力修飾自己的語氣，回應竹井的招呼，跟大家會合。

「喔，導演辛苦了。」

「誰是導演啊，我可不記得有當上這個。」

面對水澤不經意的玩笑話，我也用玩笑話對應。這些我都習慣了，雖然心情還是很沉重，但能夠在某種程度上裝裝樣子重現。

當我說完，不知為何水澤用狐疑的目光看我。

「文也？」

「咦，怎麼了。」

聽到水澤叫我，我並沒有出現詭異的停頓就回答了。緊接著水澤就轉頭環顧在場成員。我也大概看了一遍，大家都很正常，一直在製作東西。

然後水澤若有所思地頓了一會兒，接著再次開口。

「嗯——算了。」

「咦？」

看我回得一頭霧水，水澤臉上浮現淺淺的笑容，並點點頭。

「啊，話說鶇兒有聯絡我，說會來參加我們的文化祭。」

「喔、喔喔，是喔，小鶇要來啊。」

我們開始閒聊。雖然覺得剛才有點怪怪的，但那應該是我想太多了吧。

我們聊到一半，後方就傳來深實實瞎起鬨的聲音，她說「怎麼了在說誰～!?」

「少煩了，在說我們私人的事情。」

「孝弘真小氣！」

「差不多該回去了～」

水澤不著痕跡將話題導向放學模式，大家也跟著附和，都一起離開學校。

我們一起來到車站，搭上不同方向的電車，就地解散。

在那之前我都在做表面功夫，以免讓人看出我的心莫名消沉，像平常那樣自然而然加入對話。

然而在這種狀態下，我根本沒心思去完成最後的攝影任務「拍到吃冰的泉優鈴」，到頭來沒有採取任何行動就跟泉道別了。

接著我就和深實實兩人一起在北與野站下車。

「終於到了——！」

「不對，我們是從大宮出發的，就只有坐一站吧？」

「這麼說也對！」

「該說這麼說才對吧……」

我們一如既往地閒聊，我跟深實實一起並肩走在回家的路上。

「對了友崎選手！」

「什、什麼事。」

深實實把手弄成麥克風的樣子，開始採訪我。這種時候深實實通常都會問很勁爆的問題。讓我馬上嚴陣以待。

「剛才說的小鶇到底是誰!?」

「……咦，那個。」

原本以為會很勁爆，結果她問出很平庸的問題。還以為她會更直接地切入要害，讓我有點失望。

「啊咧？反應不怎樣？」

「嗯，因為……那只是我跟水澤打工店鋪的同事罷了。」

「真、真的只有這樣吧？感覺好可疑喔～」

「不，真的就只有這樣，關係單純到讓人驚訝的地步……」

深實實總是會注意到細微變化，問出很尖銳的問題，這樣很不像她，用很微妙的方式打擦邊球推測。嗯，是說每次都被問到岌岌可危的問題，那樣我也很困擾，所以這樣也好。

「咦——但你不是有去參加他們的文化祭嗎～？」

「這、這是因為受人邀約。」

那些事情是聽誰說的。八成是水澤講的吧。雖然這種事情也沒什麼好隱瞞的，沒什麼關係就是了。

「果然很可疑！聽說那還是女校！」

「這、這有關係嗎？」

好吧的確，光我這個人進入都是女孩子的園地，就形同是跨越國境非法入境一樣。

感覺深實實好像有點不滿。這是為何？

「因為……感覺你不像是會去參加女校文化祭的那種人。」

「喂，妳說誰是一臉進女校就會被逮捕的樣子啊，好歹水澤有給我邀請函，所以是合法的。」

「你又——說這種話……」

這下深實實更生氣了。怎麼了？

「那種話是？」

「……沒什麼！」

她用非常殺的眼神看我。怎、怎麼好像有點生氣？

接著深實實再次發出大大的嘆息。

「我說友崎，你很帥的時候跟不帥的差異還真大。」

「是、是嗎？是說我有很帥的時候？」

我沒有多想就問出這句話，結果深實實惡狠狠地瞪我。

「有啊！你不是幫了大家很多忙，還為了小玉很努力嗎！」

「對、對喔。說得也是，抱歉。」

感覺深實實話裡充滿濃濃的責備之意，害我不禁道歉。或許我剛剛說的話真的很不得體。

緊接著深實實又來了，這次發出超級大的嘆息聲。今天嘆氣的次數會不會太多啦？八成是我害的。

「那些又沒什麼好道歉的。」

「喔、喔喔，這樣啊。」

深實實一直盯著我看。

「我可是很尊敬軍師你喔。」

「咦？」面對那突如其來的話語，我一時間反應不過來。「深實實妳很尊敬我？」

繼我這番驚訝的發言後，深實實用力看進我的眼眸深處。

「是啊——這樣很奇怪？」

「不、不是，或、或許沒什麼好奇怪的……但我總覺得很抱歉……」

我含含糊糊地表達內心心聲，深實實則是用指尖輕撫裝在書包上的吊飾縫線。

「記得我說過你很像小玉？」

「……記得。」

我點點頭。深實實和日南都曾經跟我說過這句話。說我跟小玉玉很像。經過紺野那件事，我確實體認到雙方的根本想法很類似。

「明明就很害怕卻挺身而出，會貫徹自己想做的事情。總覺得，都把我想做卻做不到的事情做出來了，讓我覺得好厲害。」

這句話跟泉以前說過的很類似。

「……這樣啊。」

但的確，深實實、我和小玉玉都是不同類型的人。深實實聰明伶俐，無所不能，就連融入周遭其他人都難不倒她。

但相對的，我跟小玉玉就不擅長這方面的事情。取而代之，將自己心中所想的如實說出並貫徹到底，在做這方面的事情，可以說我們比普通人更有自信。

如此一來，就如同我沒辦法像深實實那樣。反過來看，若是要做我和小玉玉擅長的事情，深實實恐怕也是心有餘而力不足吧。

我在猶豫，不知道該怎麼回答才好，結果深實實來到距離我前方一步的位置後停下腳步，臉上帶著燦爛的微笑，嘴裡這麼說。

「友崎的這個部分，我很喜歡。」

「咦……」

我不由得語塞。剛才這個人、說什麼來著？

我的思考完全停擺，只能一直盯著深實實臉上的表情看，結果深實實開心地張嘴大笑。

「……啊──！你剛才把我說的喜歡想成那種喜歡了吧!?」

「沒、沒有……！」

什麼啊，原來是那個意思喔。那對弱角來說實在太深奧了，拜託別這樣玩。常

有人說在網路上或是 LINE 上面用愛心符號容易讓人會錯意，但這樣更是超容易讓人會錯意的吧。我從來沒有傳送過愛心符號，突然就要進入進階篇未免太嚴苛了。

我趕緊找回步調，結果深實實咧嘴露出調皮的笑容。

「——不過，其實解釋成另一種喜歡也對呢？」

「咦？」

「我先走啦——！」

深實實說完就小跑步走掉，在跟我分道揚鑣的轉角處向右轉。等等我的思考速度完全追不上。咦？咦——？

5 碰到選項一直煩惱就會卡關

被留下的我不愧是弱角，我靠到路邊，讓自己冷靜下來，東想西想。剛才回家路上，深實實最後說的那句話究竟是什麼意思。

「你想成那種意思的喜歡吧？」跟「解釋成那種喜歡也對」，這兩個喜歡是同一種？

我心中那無比簡陋的計算公式急著想要得出一個答案。

但我是弱角，解釋成我會有那種境遇太不合理，因此拿這個當前提將剛才的算式重新計算，這時就出現矛盾，運算裝置被系統錯誤搞到當機。

那就必須要藉助某個強角的力量，替我計算這個問題……但這種時候能夠找來商量的還是只有日南吧。

但總覺得，假如找日南商量，那傢伙若是得出跟我一樣的答案，這時又不曉得該怎麼辦了，因此我有預感她會跟我提出不同的意見。感覺那傢伙會利用這點做些要求。

而我不想照辦，也不想看日南說出那種話。

正在想這些事情的時候，我的手機突然震動起來。

我拿出智慧手機確認畫面，結果發現是水澤傳簡訊過來。

『你現在可以來大宮嗎？』

雖然不曉得水澤怎麼會突然在這個時間點上邀我，但他或許是救命丹。北與野跟大宮只隔一站，而且都在定期車票的範圍內，去那邊沒負擔。

再說繼續一個人思考似乎也不會有任何眉目。

因此我就姑且再次背起書包前往車站。

＊　＊　＊

緊接著，我目前人來到大宮的星巴克。這裡是久違的現充空間。

水澤就在眼前。他一邊看著智慧手機的畫面，一邊喝疑似叫做豆漿咖啡的東西。

之前水澤好像跟中村他們一起待在遊樂中心，目前已散會。

「呃——……怎麼突然找我過來？」

總之我先問他突然找我過來的理由，結果水澤這麼說。

「不對吧，我才想問你在搞什麼？」

「……咦？」

沒想到他會丟回這個問題，這下我糊塗了。還問我在搞什麼，今天邀人的不是你嗎？我只是回應你的邀約啊。

「咦什麼咦，今天放學後不是有發生什麼事嗎——？」

那很有把握的語氣讓我心頭狂跳了一下。怎麼了，你知道些什麼吧。

焦急的我陷入沉默，水澤這時有些若有所思地開口。

「難道你被甩了？告白的時機太早？」

「不、不是。」

水澤說出「告白」這個字眼讓我感到驚訝，令我更加焦躁。咦，什麼？事情是剛剛才發生的，這個人該不會已經聽說什麼了吧。那他的消息是有多靈通啊。

「啊，莫非是反過來？人家跟你告白，結果你拒絕了？」

「不等等，怎麼會，你為什麼知道這件事情？」

感到驚訝之餘，我出聲制止水澤，只見水澤開心地哈哈大笑。

「果然沒錯，不是說我什麼都能看穿嗎？」

「真、真的假的……」

這傢伙真是消息靈通。話說事情剛剛才發生，他為什麼知道？我又沒有跟任何人說，是深實實去找誰商量了嗎？

「咦，為什麼，是從誰那邊聽說的？」

我想要追問細節，水澤說出口的話令人畏懼。

「也沒什麼，剛才你**從圖書室回來之後**，臉色就一直很奇怪。」

這話讓我頓時血色盡失。

「……是從圖書室回來？不是放學後？」

當我怕怕地問完，水澤說了一聲「嗯？」開始觀察我的表情。

也許我犯下天大的錯誤。

「那、那其實沒什麼……！」

我急著想要混過去，但水澤臉上表情異常冷靜，頭歪了數秒。接下來他露出笑容，彷彿發現了更有趣的東西似的。

「也就是說——除了圖書室那件事情以外，還發生其他的告白事件啊！」

他面不改色指出真相。

我無法回應，雖然故作平靜，但面對水澤的銳眼，輕輕鬆鬆就讓我無所遁形。

「這麼說來——對方是深實實？」

而他甚至完美料中，這下我完全束手無策了。

「不，那個……你怎麼會得出這種結論。」

「哈哈哈，雖然我對這件事情一無所知，但你碰巧告訴我真是多謝啦——」

「唔……」

我開始為自己渾身破綻一事反省。

「那情況是怎樣？真的是深實實對你告白？」

水澤興趣濃厚。

不過，嗯，既然事情變成這樣，那我該怎麼看待這個狀況，還是拜託他從現充的觀點給些建議好了。若是自己鑽牛角尖想這個問題，感覺只會讓事情變得更糟。

「不……我也不知道那算不算告白，但她有跟我說些話。」

看我坦承，水澤開始奸笑。

「不是吧，還真是超——巧的。我只是想說你跟菊池同學在圖書室的時候應該有發生過什麼，才想過來套話。」

「原來這之間有那麼大的誤會……」

他原本是要問別的事情，結果我卻不打自招。怎麼會這樣？話雖如此，我很慶幸得知的人是水澤。如果是這傢伙應該就不會使壞，可以放心了吧。

「那事情究竟是怎樣？」

「唉……其實是這樣的——」

既然他都知道這麼多了，那我也只能放棄掙扎，開始講自己跟深實實在北與野發生的事情。

＊　＊　＊

「——啊——原來是這樣。」

自始至終，水澤都用認真的表情聽我說話。

「我想那應該不是在告白吧，但對我來說實在是太陌生的體驗，所以我很困惑。」

「原來如此。」

簡短說完這句，水澤又繼續喝那個豆漿咖啡，只有眼睛對著我。

「那你是在煩惱什麼？」

他問得很直接。問我在煩惱什麼。

水澤是異次元等級的強大角色，希望他盡可能跟我開示有建設性的想法，所以我在想該怎麼問才好。

「話說這種情況究竟該如何解釋？基本上我連那是不是告白都看不出來……」

這話讓水澤用手指輕輕抓抓臉頰。

「其實滿微妙的。可以說是告白，也可以說是欲擒故縱。」

「欲、欲擒故縱……」

突然蹦出一個超高段的字眼，讓我不由得大感震驚。原來還有這麼高端的模式？

「對你示好讓你對她產生意思，不是也有這種手段嗎？」

「是、是有聽說過……」

在電視上或是漫畫裡頭常常聽到。

「對方又不是要你跟她交往，因此文也不一定要對深實實說過的話給個交代。若是想繼續目前的關係，就裝傻用之前那種方式對應也行，完全沒問題。」

「是、是這樣嗎……？」

總覺得那樣不夠誠實，但如果這麼說，對方八成會回「那是你漫畫看太多」。

「總歸一句話，若你想順水推舟跟深實實交往，那應該能夠順利交往。」

「咦!?」

我的聲音大到連周圍位子都能聽見，水澤苦笑著說「太吵了——」。

「抱、抱歉。」

這時水澤輕輕地應了聲「喔」，臉上露出笑容。

「啊——但的確有點令人焦急呢——」

水澤又開始說些莫名其妙的話。

「令人焦急？誰會焦急？」

「咦？沒什麼，就是深實實。」

「……嗯？」

他說深實實會焦急，是對什麼感到焦急呢？說的話完全讓人聽不懂。

水澤接著嘆了一口氣。

「……你在這方面真的很生澀耶？」

「對、對不起，情況究竟是怎樣……」

我謙虛地回問，接著水澤用很乾脆的語氣這麼說。

「之前有說過吧？會受歡迎的人就是會受歡迎。」

「……啊？」

他並沒有給出新的提示，我還是完全不能理解。

「所以她會擔心你被菊池同學或是女校的女生搶走，才會感到焦急。」

「這、這樣我更不懂了……」

當我說完，水澤用有些認真的表情看著我。

「──不，其實你明白吧。」

那聽起來像是吐槽，同時也有點像是在斥責我。

就像在指責我明明看見卻裝作沒看到。

「像這樣拿自己的弱點當藉口，不去正視其他人的期待和好意，這是你的壞習慣。」

這讓我不禁感到內疚，思考陷入混亂。

「但、但就算我被人搶走，替代品還是要多少有多少吧……」

當我弱弱地說出這句話。

水澤便帶著不怒而威的魄力，打斷我的話。

「——你呀。」

視線很銳利，一直對著我的眼睛。

「之前也說過。你是要到什麼時候才能停止這種自怨自艾的習慣？」

「……啊。」

這讓我回想起來。深實實和水澤對我說過，要我別這麼看輕自己。後來我馬上就想要極力克制，但最近又回復本性了。

「我說你，有注意到嗎？」

水澤的目光不遠也不近，只是一直盯著我。

那眼神銳利到彷彿能將我心底的汙泥暴露出來。

「你在貶低自己的時候——表情看起來很安心。」

面對那句讓人意想不到的話，就好像有人從側面打我的臉，讓我受到衝擊。

「我看你八成沒注意到？」

「……好像是。」

我愣愣地承認。

——安心。

我個人認為自己並沒有這樣的心情。然而捫心自問，心底確實是存在這樣的心思。

「你在玩遊戲的時候超強對吧？那應該懂吧？先給自己退路，降低門檻讓自己安心，那樣是不會有所成長的。」

「這……」

他說的我很能體會。有著真切的體悟。

為了降低輸掉的懊惱，在戰鬥之前就會先準備藉口。這樣就越來越不怕輸掉，會覺得就算不努力也沒關係。就算不戰鬥也能感到安心。

——就算沒辦法獲勝也覺得心安理得。

然而想要讓自己變強的話，那樣是不行的。

「別貶低自己來換取安心。別習慣讓人看輕自己。聽好了，提升自我，汲汲營營努力，發現自己名副其實提升了，那樣才會安心下來，真正帥氣的男人應該像這樣才對。」

水澤堂堂正正、充滿自信地說了這番話。

他身上確實散發與那番言詞相應的說服力。

「還有你呀，你有沒有想過？」

「……想什麼？」

我好不容易才擠出這句話來回，接著水澤點點頭。

「假如真的有人喜歡你。」

「不——」

「你先閉嘴一下。」

我差點要反射性說些自貶身價的話，像是會喜歡我這種玩意兒未免也太——之類的，卻被水澤用沉靜的語氣責備。他有點生氣，第一次看到水澤露出這樣的表情。

「抱、抱歉。」

雖然我道歉，水澤的表情還是沒變。

「總之，坦白講，你要貶低自己，說到底那也是你的自由，所以你愛怎樣就怎樣。不過。」

在這句話之後，他又像在教育我，慢慢地開口。

「——當你在貶低自己的時候，喜歡你的人就顯得很悲哀。」

那句話正中要害，讓我一時間啞口無言。

「……這樣啊。」

我好不容易才做出回應，水澤先是「呼——」地喘口氣，接著就不再看我。接著像要化解這種緊繃的氣氛，他露出一個輕鬆的笑容。

「總之，這件事你可別忘了。」

＊　＊　＊

在關上燈的臥房裡。我仰躺在床鋪上，獨自思考著。

一星期前。

日南問我喜歡的是誰，我說我想面對自我，希望她給我一些時間。

這是我能做到的，用來誠實面對心情的方法。

然而幾天後。菊池同學用那彷彿能看穿一切的雙眼，用率真的話語。

用這些再次映照出真相，讓我察覺到沉澱在心底的東西。

我並不是想要面對自我才無法選出一個人。

而是害怕跟自己的弱點面對面，才誰都不能選。

而後和水澤聊過，我發現一件事。

水澤看似不夠真誠，但明白表示他要選擇日南。

而我只是形式上表現得很真誠，最後卻逃避，不去選擇任何人。

用「誠實」這個方便的字眼當保護色，去逃避責任。

果然我在「人生」之中是如假包換的弱角。

並非單純是因為沒有技能在身，或是外觀不夠好看，弱的地方不是這些。
而是貶低自己，避免去做選擇。
不去戰鬥卻感到安心，是我下意識中潛藏的弱角本性使然。
嘴巴上說誠實誠實，卻拿自己的弱點當藉口。
認為自己沒資格去選擇任何人，思想就停在這邊。
逃離應該要面對的現實。

那麼。
為了在此更往前踏出一步，我必須面對「弱點」。
必須先接受自己的弱點，重新面對眼下。

去面對至今不曾面對的，也就是其他人的心情——
這都是為了讓自己能夠靠自身力量去背負別人對我投注的情感。

『一個弱角少在那得意忘形。』
『根本不會有人選你。』
『你哪有資格去選擇。』
『別搞錯了，真難看。』

『你只不過是無害的石頭而已。』

因此我要除去在心裡某個角落響起的聲音，那些自我否定的——屬於我自己的聲音。

即便一直聽見，我也要裝作那些都不存在。

也就是——「假裝」我是強大的角色。

必須將「那些」轉換成言語。

我忍住不讓那些黑暗情緒從內心滿溢而出，慢慢地吸氣。

在我內心的某個角落，其實已隱約察覺。

視線巧妙交會。在細微的用字遣詞和舉動中透露出違和感。

跟我一樣紅著臉，或者臉蛋更加滾燙，那神情參雜些許害羞。

其實我並非完全沒注意到，只是裝作沒看見。

因此如今就在這，我要正視那些東西。

不為了弱點逃避，不對自己說謊。

對我來說什麼才是真正的「誠實」，我要試著將它化為言語。

對。她，七海深奈實——

喜歡我。

後記

好久不見。我是屋久悠樹。

《弱角友崎同學》系列是從二〇一六年五月開始出版的，這一集是在二〇一八年五月發售。是第六集，自從開始出版，時間整整過了兩年。

有人說變成大人之後，光陰似箭，但回顧出道至今的種種，別說光陰似箭，我甚至有種過了三年、四年的感覺，我想肯定是因為這兩年來要面對很多新的挑戰。

在這段短短的時光之中，我辦簽名會、上網路節目，作品變成漫畫，還要面對定期到訪的截稿日，在出道之前不曾體驗過的各種經驗都一一體驗了。

除此之外，當這本《弱角友崎同學》來到第六集，正好也跟目前在《GANGAN JOKER》連載的漫畫版單行本第一集同步發售，這樣的展開也讓人不禁覺得「這又是一個全新的體驗」，讓我心懷感激。還望各位讀者也務必看看漫畫版。

而今後也一樣，為了讓時間過到之後回頭看會覺得很漫長，我也想不斷挑戰新事物。

如此一來，就算是小地方也可以拿來做全新挑戰，就連總是一成不變的「後記」文章也不能例外。換句話說，朝這個方向解釋，這裡要講的自然就是其中一個新挑戰。

那就是這集彩頁插圖第二張中，「裝出兔耳朵的小鶇關節角度」。早就猜到又會聊這個。「挑戰新事物」這句話一聽就知道是藉口，想必大家會這麼認為吧，但稍安勿躁。故事都出到這邊了，總有一天會出到最後一集，但不會太過感動也不會太過無趣，我打算一成不變進展下去，大家要做好心理準備。我要繼續講自己喜歡講的了。

那接下來，首先特別值得一提的就是關節角度，這包含小鶇手部的肩關節、肘關節角度，還有拿著智慧手機的指關節角度吧。

那些開頭插圖都是原稿確定到某個程度，然後指定某段文章，拜託插畫家「畫這個段落」。而這次我跟負責的編輯在指定這個彩頁插圖時，雖然有跟 **Fly** 老師說過要用雙手裝出兔耳朵，但自然是沒有跟他說手部角度等等的細節。

話雖如此，在這張插圖之中，小鶇手部角度控制在勉強可以稱之為兔耳朵的狀態下，因此小鶇的「怕麻煩」性格就以不用多想、很直覺的方式呈現出來。

此外，只看一眼也能看出，小鶇在椅子上沒有坐得很深。換句話說，這部分也一樣，藉著腰部的關節細微表現，讓人能夠憑直覺看出小鶇在這張插圖裡，在那瞬間身體有些離開椅子，但直到上一秒整個身體都是靠在椅背上坐著的。

還有不只是關節，拿著智慧手機擺出兔耳這點也值得一提。

透過這些小細節，表現出裝兔耳給友崎和水澤看的時候，她並沒有特地把智慧手機收起來，而是玩手機玩到一半順便擺的，還擺得很隨便，這部分也確實呈現出小鶇的性格。

還有她臉上神情的可愛度、隨便翹腳的部分都包含在內，可以說光靠這張插圖就不偏不倚將小鶇這個角色呈現出來。

在籌備本系列的時候，為了把角色設計之類的作品形象分享出去，明明我跟 Fly 老師都還沒見過面，也沒有說過話，卻傳了寫著以下這段文字的怪文給他──「這部作品的角色都很重視『女高中生感』，希望能夠畫出有『女高中生感』的感覺」，知道這件事情的人應該都曉得當時讓 Fly 老師有點嚇到，但書裡插圖還真是充滿鮮活的「女高中生感」。

也就是說，Fly 老師透過一些環節來強化各個角色的臨場感，像是深深實實的體操服打結處、菊池同學的制服透明感，還有優鈴，我曾說「咦，這是土耳其石吧。這個我超瞭。優鈴就是要配土耳其石呢。」結果讓 Fly 老師退避三舍，因此而為人知的土耳其石項鍊亦是其中一環，而小鶇簡直就是時下女高中生的典型代表，透過「看起來懶散的各個關節和隨手拿著的智慧手機」來做簡單又非常有真實感的表現，讓角色特性變得更鮮明。

假如小鶇真的存在於這個世界──那她的 LINE 首頁背景大概就是這張照片吧。

這份巧思希望能多少傳達給各位。

再來要向一些人道謝。

給負責插圖的Fly老師。你總是連細節提案都一一配合，謝謝。我總是跟岩淺兩個人一起大肆誇讚。我是你的粉絲。

還有責任編輯岩淺氏。上次真的是千鈞一髮有夠趕的，雖然發誓說「下一集絕對不會這樣」，但到頭來這集也趕到不行。下一集絕對不會這樣。

再來是各位讀者。感謝你們一直以來的支持。我在網路上瘋狂搜尋本作的評價搜到快死掉了，我想大部分的感想大概就如我所見。今後我也會繼續努力，讓大家能夠用更多形式來享受本作，請多指教。

若下一集大家還能夠繼續陪伴本作，那真是我的榮幸。

屋久悠樹

弱角友崎同學

浮文字

弱角友崎同學 Lv. 6

（原名：弱キャラ友崎くん Lv. 6）

作　者／屋久悠樹　插　畫／Fly　譯　者／楊佳慧
發行人／黃鎮隆　副總經理／陳君平
副　理／洪琇菁　國際版權／黃令歡
執行編輯／楊國治　美術主編／陳聖義
內頁排版／謝青秀　企劃宣傳／邱小祐、劉宜蓉
出版／城邦文化事業股份有限公司 尖端出版
台北市中山區民生東路二段一四一號十樓
電話：（○二）二五○○七六○○　傳真：（○二）二五○○二六八三
E-mail：7novels@mail2.spp.com.tw
發行／英屬蓋曼群島商家庭傳媒股份有限公司城邦分公司　尖端出版
台北市中山區民生東路二段一四一號十樓
電話：（○二）二五○○—七六○○（代表號）
傳真：（○二）二五○○—一九七九
中彰投以北經銷／楨彥有限公司（含宜花東）
電話：（○二）八九一九—三三六九
傳真：（○二）八九一四—五五二四
雲嘉經銷／智豐圖書股份有限公司　嘉義公司
電話：（○五）二三三—三八五二
傳真：（○五）二三三—三八六三
南部經銷／智豐圖書股份有限公司　高雄公司
電話：（○七）三七三—○○七九
傳真：（○七）三七三—○○八七
一代匯集／香港九龍旺角塘尾道六十四號龍駒企業大廈十樓B&D室
電話：（八五二）二七八三—八一○二
傳真：（八五二）二七八二—一五二九
馬新經銷／城邦（馬新）出版集團Cite (M) Sdn. Bhd.
E-mail：cite@cite.com.my
法律顧問／王子文律師　元禾法律事務所
台北市羅斯福路三段三十七號十五樓
二○一九年八月一版一刷
二○二一年二月一版三刷

■中文版■

郵購注意事項：
1.填妥劃撥單資料：帳號：50003021戶名：英屬蓋曼群島商家庭傳媒(股)公司城邦分公司。2.通信欄內註明訂購書名與冊數。3.劃撥金額低於500元，請加附掛號郵資50元。如劃撥日起 10～14日，仍未收到書時，請洽劃撥組。劃撥專線TEL：(03)312-4212 ・ FAX：(03)322-4621。E-mail：marketing@spp.com.tw

國家圖書館出版品預行編目資料

弱角友崎同學 / 屋久悠樹作 ; 楊佳慧譯. -- 1
版. -- [臺北市] : 尖端出版 : 家庭傳媒城邦分
公司發行, 2019.08-
冊 ; 公分
譯自 : 弱キャラ友崎くん
ISBN 978-957-10-8624-8(第6冊 : 平裝)

861.57 108008544